学年ビリのギャルが
1年で偏差値を40上げて
慶應大学に現役合格した話
［文庫特別版］

坪田信貴

本書は、２０１３年12月27日に刊行された単行本『学年ビリのギャルが1年で偏差値《へんさち》を40上げて慶應《けいおう》大学に現役合格した話』（坪田信貴《つぼたのぶたか》著／ＫＡＤＯＫＡＷＡ発行／略称ビリギャル）の内容を、一部省略した文庫特別版です（具体的には、第4章の受験メソッドなどの実用情報を大幅にカットし、巻末付録を全文削除しています）。

逆に、一部、本書　角川文庫版ならではの書き足しも施《ほどこ》されております。

ノンフィクション小説ビリギャルの、ストーリー部分に特化した版とお考えください。

章扉デザイン／橋本　雪（デジカル）

章扉写真／飯塚昌太

章扉モデル／石川　恋（allure/a-step 所属）

※本書は事実に基づくノンフィクション作品ですが、プライバシーや関係者の名誉等に配慮をし、一部人名や学校名、場所名、設定などを実際のものとは若干変更しておりますので、その点は予めご了承願います。また、モデルの着用している制服は、本書の内容とは一切関係がありません。

あなたには
「自分にはゼッタイ無理」って
いつしかあきらめてしまった
夢がありませんか？

この物語は
そんな、ゼッタイ無理に挑《いど》んでみた
ある女の子のお話です。

彼女は最初、周囲に言われました。

「お前にできるわけがない」

「恥ずかしいヤツだ」

「身のほどを知れ」

でも、僕《ぼく》は
人間にとって一番大事なのは
この、ゼッタイ無理を
克服《こくふく》した体験だと思っています。

大丈夫。
ちょっとしたコツを知るだけで
あなたにもそれができます。

この奇跡《きせき》は
あなたにもきっと起こります。

そのコツを知って欲しくて
僕《ぼく》はこの物語を書きました。

子どもや部下だって同じこと。
ダメな人間なんていないんです。
ただ、ダメな指導者がいるだけなんです。

目次

第一章

金髪ギャル さやかちゃんとの出会い

✎膨大《ぼうだい》な可能性を秘めたへそ出し金髪《きんぱつ》ギャル

「この娘《こ》、何が目的でうちの入塾面談《にゅうじゅくめんだん》に来たんだろう?」

それが僕《ぼく》の偽《いつわ》らざる第一印象でした。

それは学校が夏休みの時期。その女子高生の髪《かみ》はあざやかな金髪《きんぱつ》で、パーマでゆるくきれいに巻かれていました。顔立ちはきれいなんですが、つけまつげの厚化粧《あつげしょう》にイヤリング、ピチっとした丈《たけ》の短いTシャツにネックレスを身につけ、おへそが出ていました。半腰《はんごし》ではいたスカートは、これでもかというぐらいにまくって短くしてあります。ハイヒールは高く、ネイルアートも派手《はで》で、それにきつい香水のにおいがしました。

まさに「ギャル」以外の表現は見つかりません。名古屋では派手《はで》な女の子を「名古屋嬢《じょう》」と呼ぶそうですが、「これぞ、名古屋嬢《じょう》なんだろうなあ」と思わされました。

でも、僕《ぼく》のその後の印象は、実は悪くありませんでした。

最初に僕《ぼく》がいつもするように「じゃあ、よろしくお願いします」と深々と挨拶《あいさつ》をすると、その子もぺこりと頭を下げ、「よろしくお願いします」と挨拶《あいさつ》を返してきたからです。

それで、当時、一講師《こうし》として雇《やと》われていた塾《じゅく》での指導経験が長かった僕《ぼく》にはすぐわかりました。

「あ、この子、見た目はドギツイけど、根はめちゃくちゃいい子だな」

聞けば、彼女《かのじょ》は名古屋では「お嬢様学校《じょうさま》」と呼ばれる私立女子高Xに通っている高校2年生。中学から大学までほとんど試験無しでエスカレーター式に上がれる学校の生徒でした。ただ、彼女《かのじょ》の場合は、素行が悪くて無期停学《むきていがく》を何度もくらい、それも危うい（内部推薦《すいせん》が受けられない）、かといって外部進学するほどの学力はない——そんな理由で、知人から塾《じゅく》の評判を聞いた母親に連れられ、こうして入塾《にゅうじゅく》面談《めんだん》に来たということでした。

当時の彼女《かのじょ》の学校の成績は、端的《たんてき》に言うと学年ビリ。全国模試の偏差値《へんさち》は30以下。

ただ、僕《ぼく》は彼女《かのじょ》がぱっと挨拶《あいさつ》を返したのを見て、この子は素直だ、と感じていました。

心理学を学んで生徒の指導に活《い》かしてきた僕《ぼく》は、いつも初対面の時のしぐさや反応で、生徒の性格を見極め、指導方法を切り替えていきます。

中には正直、僕《ぼく》でもキツいなと思う子はいます。それは初対面の時に、教師を恐れていて目を合わせない子、そして挨拶《あいさつ》をしてくれない子です。

ただ、そういう時は、いちいちそれをとがめずに、好意を与え続ける、礼儀《れいぎ》を尽くし続けることが大切です。すると、相手も（子どもも）それを返してくるようになるからです（これを心理学で「好意の返報性」と呼びます）。

こういう時にけっしてとがめたり、しかったりしてはいけません。そうした子に「また新たに自分をしかる大人が現われた」と思わせてはいけないのです。

だから僕《ぼく》が初対面の時に気をつけているのは、子どもに対して、背筋を伸ばして目を合わせて、しっかり挨拶《あいさつ》することなのです。

その点、さやかちゃんは見た目のドギツサに反して、この挨拶《あいさつ》が最初からできる子でした。だから僕《ぼく》は「行ける」と踏《ふ》んだのです。

そこで、彼女《かのじょ》にまずは「志望校どうする？」と聞いてみました。「よくわかんない」という返答でしたので、「じゃあ、東大にする？」と言うと、「東大は男たちが、なんかガリ勉で、すんげー厚いメガネしてそうで、ダサいからイヤだ」と言います。

なるほど（笑）と思い、「じゃあ、慶應《けいおう》にする？　慶應《けいおう》ボーイって聞いたことない？　だって君みたいな子が慶應《けいおう》とか行ったら、チョーおもしろくない？」と聞くと、「おお。確かに！　超イケメンいそう！　しかも、さやかが慶應《けいおう》とか、超ウケる！」と笑い出しました。

普通の教師だったら、ここで「アホか、こいつ」と思うかもしれません。正直、僕《ぼく》もそう思いました。でも、すごい可能性を秘めた愛すべきアホだ、と思ったんです。この子は、見た目と違って素直だ、これなら絶対大丈夫、相当行けるぞ。

ひねて、妙にプライドが高い子は、自説をなかなか変えようとしません。そういう子は「あ、はい。でも……」と、なかなか行動を変えたがらないのです。そうした場合は指導に少々手こずります。そういう子は、自分がこれまで間違ったやり方、バカなやり方をしていたと認めるのが恥ずかしいから、常に無意識に反論してくるからです。

でも、この子なら、さやかちゃんなら、勧《すす》めたやり方をすぐ受け入れるのではないか。そうだ、この子は、伸ばせる――

こうして、偏差値《へんさち》30、学年でビリだった女の子、さやかちゃんが、日本最難関の私立大学、慶應義塾《けいおうぎじゆく》大学への現役での合格を目指すことになりました。

高校2年で、strong の意味がわからない

さて、そうと決まったら、まずは何をやるか？　学力を見る「テスト」です。

まずは、中学レベルの英語ができるかどうか、国語ができるかどうかのテストを、面談の場でやってもらいました。結果は……案の定、ひどいものでした。

Q　次の英単語の意味を答えなさい。
「strong」→答え（日よう日）※正解は「強い」

「Japan」→答え（ジャパーン）※正解は「日本」

Q　次の日本語を英単語にしなさい。
「彼《かれ》らの」→答え（hi）※正解は their

いずれも中学1年で習う範囲にも拘《かか》わらず、ことごとく間違っています……日曜日（Sunday）と strong は s と n しかかぶっていません。それでも、なんとかひねり出した答えなのでしょう。そして、ジャパーンて……なぜ、伸ばしたのか。君は郷ひろみか。

ちなみに「彼《かれ》らの」を「hi」（ハーイと読む、英語の挨拶《あいさつ》言葉）とした理由は、

「he《ヒー》」（彼《かれ》は）と書きたかったのが原因のようです。なるほど、納得はできます。でも、いろいろ間違っています。

思わず、「よくこんな無知《むち》でやってこられたね？」と声をかけると、「鞭《ムチ》でやるって、SMのこと？」と変な知識だけはもっているのでした。

でも、少しおもしろかったので、

Hi, Mike!

という文を読ませてみました（正解は「ハーイ、マイク！」）。案の定、「ヒー、ミケ！」と読みました。ネコに驚いているのか、君は。

でも、ローマ字は読めるみたいだね、うん、いいぞ。

そして、「He can write letters. の態を変えなさい（つまりは、能動態を受動態に変えなさい）」という、少し難しい英語問題には、さやかちゃんは「可能態」という解答を書いていました（正解は「Letters can be written by him.」）。

もちろんまったくの不正解。ですが、この時、

「あ、この子はcanが〝可能〟を意味するってことは知ってるんだな」とも思いました（後年、さやかちゃんはこの時のことを、「態を変えよ、という質問の意味がそもそもわからなかったけど、〝間違ってそうだな～〟と思いつつ、可能態と書いた。当たるといいな、と」と言っています）。

とにかく、明らかに模範《もはん》解答とは乖離《かいり》した答えばっかりで、その場で自分で考えた「自動態」みたいな解答を書いてくる子だったのです。

しかし、僕《ぼく》が好感を抱いたのは、彼女《かのじょ》がいずれの質問に対しても屈託《くったく》のない笑顔で、うれしそうに答えていたことでした。

そして、「当たったらラッキー」という感覚で、必ず何かを答えようとするその姿勢がすばらしかった。

「なんでそんなにうれしそうなの？」と聞くと、

「いやー、あんま学校の先生って、さやかに勉強のこと言ってこないんだけど、先生はいろいろ聞いてくるなーと思って」

そうか、学校の先生たちは、勉強に関して君にもう期待していないんだろうな。

「まぁテストだからね（笑）」

「テストって、さやか、嫌いだなー。だって、点数が出て終わりでしょ」

「そっかなぁ。僕《ぼく》は点数が出てからが始まりだと思ってる。だって、できないことがわかったら、そこからできるようにすればいいだけじゃん？」

「おー、先生、前向き。すげー。じゃー、さやかはこれからいっぱいできるようになるね」

　そう言うと、さやかちゃんは、カラカラと笑いました。

「そう、きっと別人になれるよ！　いろんなことを、これから吸収《きゅうしゅう》できるんだ。英語もできるようになる。さやかちゃんが慶應《けいおう》に行ったら、周りのみんな、マジでビビるよ。で、スゲーってなる。でもね、何より、絶対無理！　って言われることを成し遂《と》げたことが、自信になるんだ。それが大人になってからも、大事なことなんだ」

「いやー、さやかが慶應《けいおう》かー。おほほほ」

　この時点で、彼女《かのじょ》はきっと、慶應《けいおう》という言葉の意味をいまいちわかっていなかったと思います。そしてそれがいかに難関校であるのか、を……

　あるいは僕《ぼく》自身もよくわからずにしゃべっていたのかもしれません。

　僕《ぼく》は彼女《かのじょ》の当時の学力を「小学4年生」と判断していました。小学4年生の学力のギャルの高校2年生。この子を1年半で慶應《けいおう》大学に合格させようというのです。福澤《ふくざわ》諭吉《ゆきち》先生（慶應義塾《けいおうぎじゆく》創設者）、ごめんなさい。ちょっと、なめてますよね。

✎「聖徳太子って、超かわいそうじゃね？」

そうして彼女《かのじょ》は週に3回ほど、当時、僕《ぼく》の勤務《きんむ》していた名古屋の塾《じゅく》に通って来るようになりました。それは、ギャルの発想力に驚かされる日々の始まりでもありました。たとえば、日本史を学習し始めて少しした頃、彼女《かのじょ》は僕《ぼく》にこう質問してきたのです。

「センセー、あのさ、この女の子、超かわいそうじゃね？」

彼女《かのじょ》の人差し指の先には、「聖徳太子《しょうとくたいし》」という見慣れた文字。

女の子という認識をしたのは、まだわかります。だって、最後が「子」ですからね。そこは論理的帰結《きけつ》ですね、うん。

でも、この人はたぶん日本史の中でもトップ10に入るほどの有名人のはずです。そしてけっして「超かわいそう」な人だとは思われていません。どこをどう読んだらそうなるんだ、いったい。

「あのさ、なんでかわいそうだと思ったの？」

「だって、この子、きっと超デブだったから、こんな名前つけられたんだよ。〝せいとく　たこ〟なんて」

聖徳太子《せいとくたこ》……どんなムダなオリジナリティー発揮してるんだ、君は。

「ちょ、ちょっと待って。さやかちゃんさ、君、一応、私立中学受験してるんだよね？　だから、今の女子高行ってるわけだろ？　おかしくないか？　その知らなさ加減」

「あー、さやかね、中学受験、国語と算数だけなんだよね。今は4教科らしいんだけど。さやかの時まで2教科だったの。だから社会、全然わかんないんだ。

しかも、小学校の時ああちゃん（お母さんのこと）から、〝さやか、ここで合格したらあとずーっと勉強しないで大学まで行けるんだよ？　勉強だけの学生生活じゃなくなるんだよ。だからがんばろう！〟って言われてがんばったの。だから、中学入ってから今までの4年半、まったく何もしてないから、算数も国語も全部わからないの」

それにしても「聖徳太子《しょうとくたいし》」を読めないなんて……

こんな時、僕《ぼく》はおもしろがって声を出して笑います。すると生徒もつられて笑顔になるからです。

「名前が〝太子＝太った子〟だから、この人はデブだったんだろう……」と日常的な経験から自然に生まれる思い込みで物事を考えることを、心理学では「素朴概念《そぼくがいねん》」と呼びます。この時も僕《ぼく》はおかしくて、「君のその発想は天才だ！」と思わずほめました（これは心理学のリフレーミングを使ったテクニックです。発想の枠組《わくぐ》み、視点自体を変えて、ほめてあげるわけです）。

するとさやかちゃんはすぐ調子に乗って、

「いや！　普通に字のまんまだから！　誰でもそう思うっしょ！」

となぜか誇《ほこ》らしげに主張してきます。鼻をふくらませながら（笑）。

それで僕《ぼく》も笑いながら、

「やかましいわ！」

となるのですが、調子に乗ると必ずこういうへらず口をたたき、正当性を主張してくるのもさやかちゃんの特徴《とくちょう》でした。とにかく、めげずに、自分の発想はまっとうだと言い続けるのです（とはいえ、行動は言われたとおりにすぐさま変えるんですが。そこは素直なんです）。

「よーし、わかった。じゃあ、君の日本史の最高知識を教えてくれ」

「いやー、私、何もわからないって」

「なんか1つぐらいあるだろう？　なんでもいいよ。考えて」

「んー、ないけどなあ……あっ！　わかった！　イイクニ作ろう——」

「おおおおお！　すげー。それ、いいね！」

「ヘイアンキョウ」（平安京《へいあんきょう》はご存じ、「鳴くよ（七九四年）うぐいす平安京」でおなじみの平安時代の首都の名前）

間を置いてためられただけに、僕《ぼく》は、ズコーっとイスから転げ落ちそうになりました（〝一一九二《いいくに》年作ろう〟と来たら、その後が〝鎌倉幕府《かまくらばくふ》〟なのは国民の常識かと思ってましたが……ちなみに今の教科書では一一八五年説が主流で、この語呂《ごろ》あわせは使えませんので、あしからず）。

でも、僕《ぼく》はポジティブに考えることにしました。歴史関連のことを2つ〝も〟知ってるじゃないか！　と。

しかし、そのポジティブさは、彼女《かのじょ》の次の一言で、奈落《ならく》の底にすぐさま突き落とされます。

「あのさー、先生、でもさー、ヘイアンキョウさんって何した人？」

え？

え？

人？

「あ、そっか、イイクニ作った人か！」

いやちょっと待て、勝手に自己完結するな。僕《ぼく》は今、唖然《あぜん》としてるんだ。

とはいえ、ちょっと興味があったので僕《ぼく》は話をつなげてみました。

「んじゃあさ、平城京《へいじょうきょう》って聞いたことない？」

「あ！　それ、双子？」

「苗字《みょうじ》違うやん！」

「じゃ、流行《はや》ってたんだね、昔。京って名前」

「流行《はや》ってねえよ！」

こうしたやりとりはもちろん、さやかちゃんの人柄を見ての対応ではありました。

さやかちゃんの場合、無知の極みのような解答を僕《ぼく》がいじっておもしろがった時の反応が、なぜか誇《ほこ》らしげで、うれしそうだったからです。

それで内心、「この子はいける」と、めちゃくちゃいじりながらの指導の日々が始まったわけです。

ちなみに僕《ぼく》の性格上、生徒いじりは、基本的にどんな生徒に対しても行なっています。ただし、むっとさせることは、過去に一度もなかった（と信じたい）です。なぜかというと、その子の良いところを見ようとしているからです。その生徒のことを好きだという気持ちがベースにあって、いじるのなら、たいていの生徒は受け入れてくれます。

僕《ぼく》は、初対面の時に、この生徒の良いところはなんだろう、と必ず5つは探すことを習慣づけています。そして中でも一番良いところを、

「こういうところが、いいよね！」

と言葉に出してほめていきます。なんでもいいんです、たとえば、

「こういう場では普通、緊張《きんちょう》するのに、自然体で笑顔で話せるなんてスゴいよね」

とか。で、その後で、

「でもこの解答の発想はすごいアホだよなあ」

とか、いじり始めるわけです。

僕《ぼく》は現在、進学塾《じゆく》以外にも複数のベンチャー企業を経営していますが、このコミュニケーション・スキルはビジネスでも使えるんです。

初対面の時に、取引相手のイヤなところを見つけてしまうと、まず自分が楽しくなくなってしまいますし、相手も受け入れられている感じがなくなり、良い関係にはま

ずつながりません。

ですので、相手の美点をまず見つけようとするのです。

すると、自分も楽しくなり、相手にも「この人には受容されている」と自然に伝わるので、こちらにも好感を持って冗談《じょうだん》に応じてくれるケースが多いのです。

実際、さやかちゃんにも、このテクニックを使わせたことがあります。

学校のクラスに、「どうしてもムカツク」「あの娘《こ》がいるとイライラして勉強に集中できない」という同級生がいると言うので、「その子の良いところを、無理にでも10個、紙に書き出してごらん」と言ったのです。

さやかちゃんは素直です。なかなか思いつかなかったらしいのですが、苦労して良いところを一晩かけて書き出してきました。するとむしろ、その娘《こ》ってめちゃくちゃ良い子なのかも？　と思えてきたそうです。それで、翌日からは、その子と普通に話せるようになったそうなのです。

彼女《かのじょ》は「スゴいテクニックを聞いちゃった！」と思ったそうです。「これまで、こういうことを教えてくれる先生はいなかったな」と。

彼女《かのじょ》は、人の短所は長所でもあり、長所は短所でもある、すべては考え方次第なんだな、ということを学んだのでした。

こうして、少しずつ信頼関係を醸成《じょうせい》させながら、僕《ぼく》らの戦いは始まったのです。

東西南北がわからない

さやかちゃんと日々話していくうちに、僕《ぼく》にはある疑問が浮かびました。いや、浮かばざるを得なかった、と言えます。

「あのさ、さやかちゃんさ、日本の地図って描けるの？」

「無理でしょ、普通」

……君にとっては普通じゃないことが、世の中の普通なんだよ！

それでとりあえず僕《ぼく》はさやかちゃんに「日本地図を描いてみて」と言ってみました。

彼女《かのじょ》は、「いやー、無理ですわ〜」と言ってなかなか描きませんでしたが、「細かくなくていいから、ザックリと」と指示すると、ようやく彼女《かのじょ》が描いたのは……

こんなんでした……

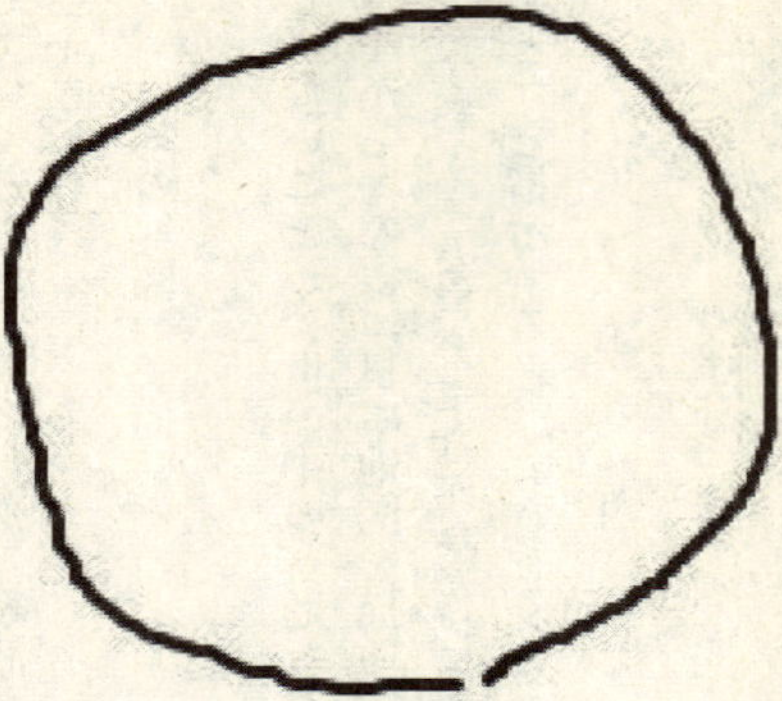

いやいや、ちょっと待て。普通、いくらなんでもこんな感じでしょ?

せめて北海道・本州・四国・九州の４つの島ぐらい描こうよ、と。ザックリし過ぎやん。僕《ぼく》が、

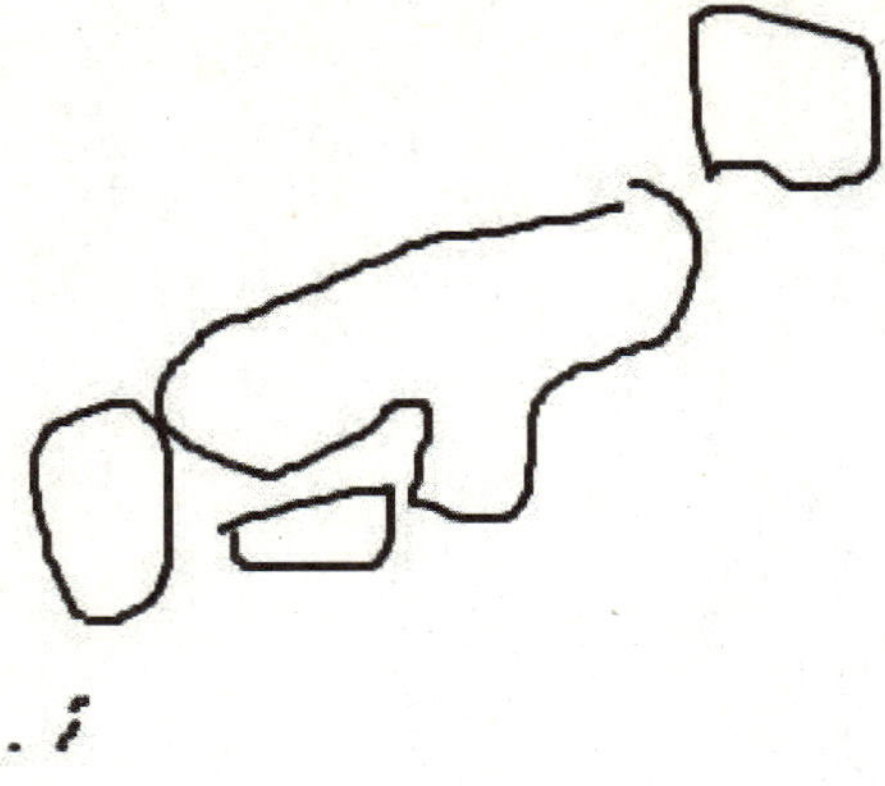

「なんで島が１つなの?」

と驚くと、

「え？　日本って、そんなたくさんあんの？」

とマジで驚くさやかちゃん。もうね、いろいろ衝撃《しょうげき》なのです。

「あのさ、北にも、いろいろな島があるやん？」

「北？」

……まさかこの子、東西南北がわからないのでは？　そう思って、

「あのさ、北が地図の上のほうの時、南ってどっちのほう？」

「……いやー、そういうの私、無理だわ～」

その時はさすがに教室中が、唖然《あぜん》、爆笑でした。

「そう言うけどね、君、それを知ってるって、人間としての基本性能だから」

「いやでもね、先生そうやって言うけどね、私の友達絶対知らないから！　マジで！」

「仮に、そうだとしたら、日本は滅《ほろ》ぶよ。本当に。いやマジで」

ちなみに、後で「(当時小学生の)妹に聞いたら、〝え？　北が上なら、南は下に決まってるじゃん。なんでお姉ちゃん、そんなこと知らないの？　嫌い！〟って言われた」と、凹《へこ》んでいました。それで彼女《かのじょ》はしばらくの間、机の前に、こういうのを貼っていたそうです。

……東と西を逆に覚えていたみたいです……

余談になりますが、今は25歳になった彼女《かのじょ》にこの島の話をすると、強く反論してきます。

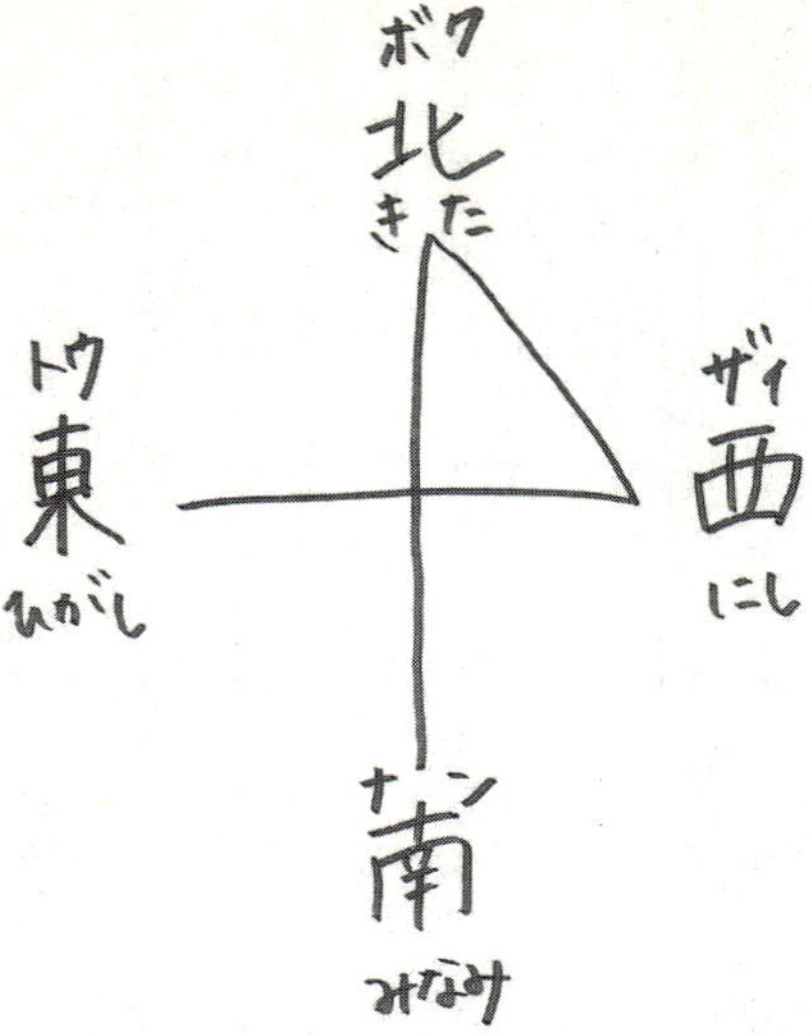

「いや、先生それは大げさに言いすぎでしょ。私は、2つは島を描いた！」

正直、2つか1つかが問題ではないと思うのですが……

見え始めてきた変化

受験において最も安定した得点源になる上、どの学部を受ける際にもつきまとってくる学科、英語。

これに関しては、とりわけさやかちゃんによく特訓《とっくん》をすることになる科目でしたが、さやかちゃんにとって、勉強自体が楽しくなってきた理由は、たとえば英単語の学習などを、塾《じゅく》ではゲーム感覚で教えていたことにあったようです。

たとえば、家で20個の英単語を覚えてきなさい、という宿題を出したとします。

そうしておいて、次回の塾《じゅく》の現場では、

「はい、〝明らかな〟を英単語で言うと？」

と質問を出します。その際、時間制限を設けて「10、9、8、7……」と声でカウントしながら、指先で高速に机をトントントンたたいて焦《あせ》らせるのです。すると、

「ちょっと待って、わかるから、わかるから！」

とさやかちゃんがなって——答えが出てきそうだったら、そこで「1、0.9、0.8……」

とカウントするわけですが――最後は、

「ブー。clearでした。はい、また太ったぁ」

とかいじったり、

「外れたから、明日はファンデーションぬっちゃダメ」

とか、罰《ばつ》ゲームを科したりしていたのです。

それで、さやかちゃんも「なんか、だんだん不細工《ぶさいく》になっていくんだけど……」とか言いながらも、だんだん勉強する楽しさを知っていった様子でした。

歴史に関しても、これは行けるかもな、と僕《ぼく》は内心、思っていました。

さやかちゃんは元々、聖徳太子《しょうとくたいし》を「せいとく　たこ」と読む子でしたが、実は、そこに可能性を感じたんです。

歴史をただの暗記科目にしがちな生徒も多いところを、「名前から人物像を描こうとしていた」からです。

歴史が得意になるかどうかの分岐点《ぶんきてん》は、歴史上の人物への愛着を抱けるか否か、歴史上の事件への執着を感じられるか否かにかかっています。

時には、歴史上の人物や事件に、いらついたり、怒ったりする――そんなセンスが大事なのです。そういうセンスをさやかちゃんは持っていました。勝手な妄想《もうそう》といえども、いろいろ想像をふくらませる力があったのです。

たとえば、歴史の教科書では、明らかにみんなが読める漢字にはルビをふっていません。なのである日、武田信玄《しんげん》のことを、

「タケダノブ……ノブ……なんだ、この漢字？」

みたいな感じでさやかちゃんが話していました。

歴史の教科書だと、武田信玄《しんげん》と上杉謙信《けんしん》の〈川中島の戦い〉の話は、実は2行ぐらいしか書いていないのです。なので、さやかちゃんは信玄《しんげん》の肖像画《しょうぞうが》を見て、

「なんなのこいつ、ハゲだし」

みたいにののしっていました。それで僕《ぼく》が、

「じゃあ資料集を見てみろ！　スゴいんだぞ、この人!!」

と主張すると、さやかちゃんは、

「だって、ハゲてて全然強そうじゃないし」

「強いわ!!　だいたいな、君の知ってる武将で、織田信長《おだのぶなが》っているだろ？」

「え？　まぁ、聞いたことはあるかな」

「聞いたことある、って……君、名古屋人なら、名古屋祭りでたたえられる三英傑《さんえいけつ》って、言えるよね？」

この答えが、名古屋からそう遠くない地域から出た3人の英雄《えいゆう》――織田信長《おだのぶなが》、豊臣《とよとみ》秀吉《ひでよし》、徳川家康《とくがわいえやす》であることは、この辺の高校生なら誰でも知っているはず……でも、この質問には、なぜかほおを赤らめて、だまってうつむいてしまうさやかちゃん。

「え、三英傑《さんえいけつ》、言えないの？」

僕《ぼく》がもう一度声をかけると彼女《かのじょ》は、驚愕《きょうがく》の一言を放ちます。

「下ネタかよっ！」

……え、シ・モ・ネ・タ？　するとさやかちゃんが言いました。

「ええケツ、ええケツ、ええケツ。はい。これでいいんでしょ？」

「……そうか、それはオレが悪かったわ」

僕《ぼく》は、その時は、難しい言葉を使ったことを謝るしかありませんでした。

「とにかく……じゃあ、織田信長《おだのぶなが》ってどの辺にいたと思う？」

「いやー、わからないでしょー」

「信長《のぶなが》は尾張《おわり》ってとこにいて、徳川家康《とくがわいえやす》は三河にいて、武田信玄《しんげん》は甲斐《かい》にいたんだよ。当時、尾張《おわり》の兵の3倍は三河の兵が強くて、三河の兵の3倍は甲《か》斐《い》の兵が強いと言われてたんだぞ!!」

まぁ、僕《ぼく》は司馬遼太郎《しばりょうたろう》とかあの辺の知識で言ってるわけですが……

「じゃあ、尾張《おわり》兵の3倍イケメンで、さらにその3倍イケメンだとすると、何倍？」

「さざんが？」

「そういう言い方だと、さやか、ほんと無理なんだよね」

と、さやかちゃんと話していると、すぐこうやって脱線《だっせん》しながら話が進むことになります。

「君ね、武田信玄《しんげん》は上杉謙信《けんしん》と並んで、当時、キング・オブ・ソルジャーみたいな感じだったんだよ。で、信玄《しんげん》の軍は当時、ある動物に乗って戦っていたので有名なんだけど、なんだかわかる？」

「トラ！」

「……いや、強そうだけど！　日本の歴史にトラに乗った武将は出てこないから！　答えは馬なんだけど、それを何百と——君、すぐ競馬《けいば》のサラブレッドをイメージしただろうけど、そういう馬じゃないんだけどね——とにかく馬で戦って、戦国最強って言われていて、で、いっぽうの上杉謙信《けんしん》って人は仏様の化身って言われていて——化身ってわかる？」

「わかんないなー。てか、サラブレッドって歴史上の人物かと思ってた」

「馬の品種だよ！　で、化身って言うのはね……、てか、話が長くなり過ぎなんだよ!!　まずは辞書で化身、調べてこいっ!!」

「う〜ん」

そうなって、僕《ぼく》はとりあえずさやかちゃんを席に戻します。そして別の子の勉強を見た後で、再びさやかちゃんのマンツーマン授業に戻ると（基本、塾《じゅく》の授業は、一人ずつマンツーマンで指導していました。他の子はその間、試験や自習をするのです）、辞書を見ながらさやかちゃんが、

「先生、すげえよ……〝化身〟って調べようと思ったら、〝消しゴム〟って出てきてさ……、こういうふうに〝消しゴム〟のことを説明してるんだね」

なんて言ってきます。それで、

「〝消しゴム〟の話はいいから、早く〝化身〟を調べてこい!!」

となって。そうやっていつも、どんどん興味が移っていって、脱線《だっせん》して、それをいちいち僕《ぼく》に報告してくるので、しまいには僕《ぼく》も、

「ぶっ殺す（笑）」

っとなるのですが――さやかちゃんはとにかく、途中《とちゅう》で〝消しゴム〟という見慣れた言葉に出会ってしまうと、そこが気になってしまうタイプなのでした。

それでようやく上杉謙信《けんしん》の話に戻ると、今度は、

「（謙信《けんしん》が強く信仰《しんこう》していた）毘沙門天《びしゃもんてん》ってなんだろ?」

となって、

「いや、神様仏様にもいろいろあってね……君、七福神《しちふくじん》って知ってる?」

「う〜ん」

このように、とにかくどんどんわからないことが山ほど出てきて、調べたこともわからなくて、また調べて——こうしているうちに、どんどんいろいろなことが楽しくなってきた様子なのでした。

で、ようやく上杉謙信《けんしん》が塩を送った、送らないの話にまでたどりつき、武田家ってのが真ん中にあって、敵に塩を送るっていう話があって……という具合に歴史の説明をしていると、さやかちゃんがついに、目をきらきらさせながら、

「武田さん、すげえ！　マジすげえ!!」

とか言いだしました。

「その人すげー。さやか、どこに行ったらその人と会える？」

「……一度死んだらいいよ」

「ええ？　ひどいこと言うね」

「あの世でしか会えないって意味だよ！　遠い昔に死んだ人なの!!」

そのぐらい、当時のさやかちゃんは何も知らなかったし、発想が根本的におかしかったんです。そして、そういうやりとりを見て、周囲の生徒は爆笑していましたが、それを見たさやかちゃんは、

「みんな笑ってるってことは、みんなは知ってるんだな。私だけが知らないのか」

と思って内心、驚いていたそうです。

そうして少し凹《へこ》んでいるさやかちゃんに、僕《ぼく》はこう言いました。

「自分が何も知らない、ということに気づくのを〝無知《むち》の知〟って言うんだ。これが勉強の大切な、第一歩なんだ。だから、君は今、大きく進歩したんだよ」

結局、毘沙門天《びしゃもんてん》の説明は僕《ぼく》も途中《とちゅう》であきらめましたが、当時のさやかちゃんにしてみれば、教師というものが、こんなにも自分を構ってくれる、というのが新鮮で、おもしろかったらしいのです。

僕《ぼく》としては、いじって笑いつつも、恥ずかしがらず、知ったかぶりをせず、なんでも素直に聞いてくるさやかちゃんの姿勢を見て、この子は大丈夫だ、行ける、という確信を深めていました。

なお、このように「なぜ?」「なぜ?」と生徒に聞かれていくと、教師側が知らない問題に案外早く到達するものです。

そんな時、「うるさい!」とごまかしたり、「先生に恥をかかせたいのか?」と内心、怒りを覚えてはいけません。

僕《ぼく》は、そういう場合、「先生もそこまでは知らないから、一緒に調べてみようか」

と言っていましたし、僕《ぼく》が現在経営する塾《じゅく》の講師達にもそう指導しています。図にすると、知識に立ち向かう教師と生徒の関係性は、こうあるべきだと思っています。

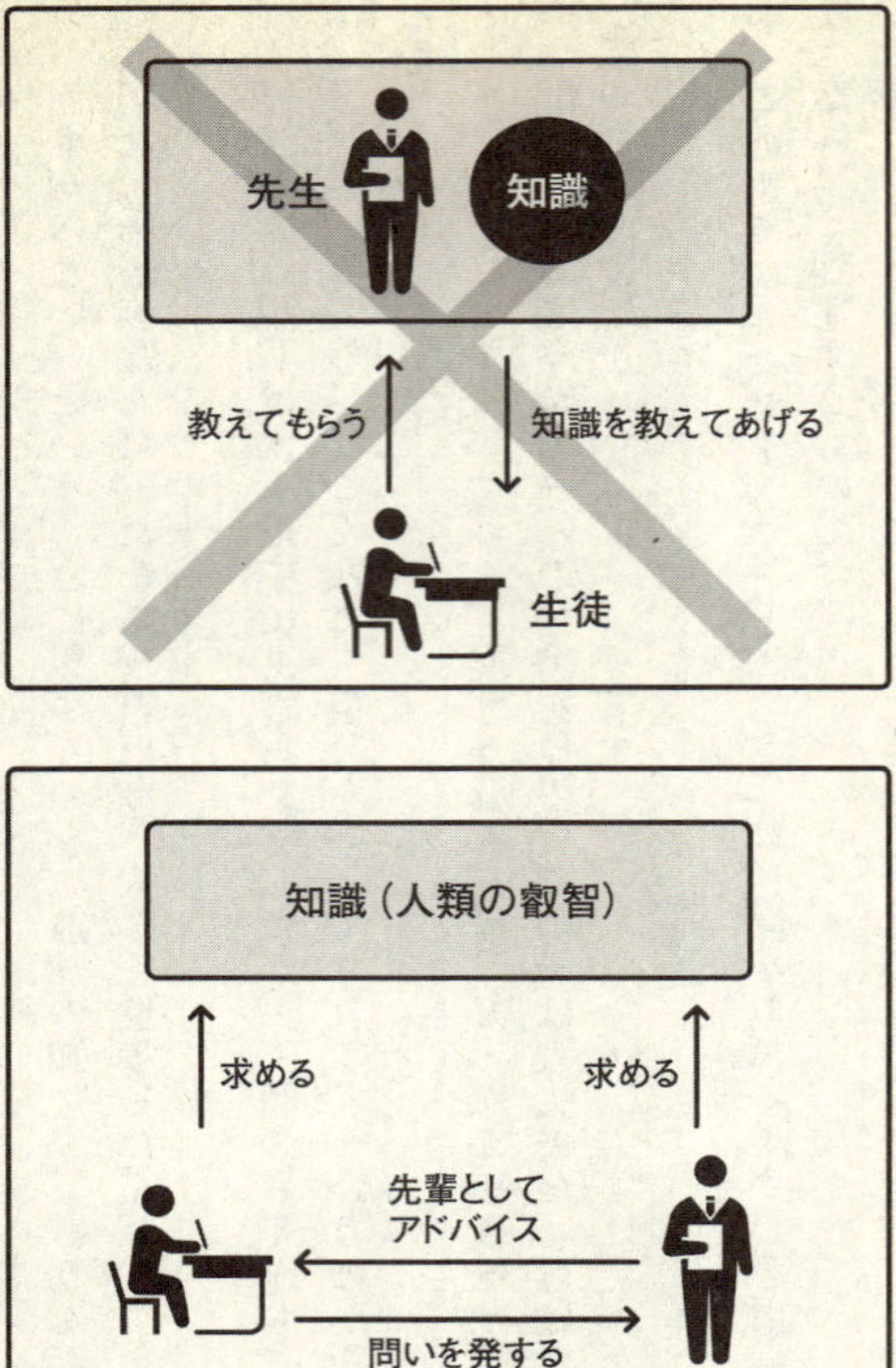

結局は、そうした姿勢が、生徒との深い信頼関係を築くことになると、僕《ぼく》は信じて

います。

とはいえ、そんな僕《ぼく》でも、さやかちゃんが相手ですと、しばしば、最終的には「やかましいわ!!」とツッコミを入れてしまうのでしたが……

第二章

どん底の家庭事情、批判にさらされた母の信念

✎「この家族は、失敗だ!」

こうして、偏差値《へんさち》30のさやかちゃんが「慶應《けいおう》へ行く!」と言って僕《ぼく》の勤《つと》めていた塾《じゅく》へ通い出したわけですが、このことを、周囲はどう思っていたのでしょう。

さやかちゃんの学校は、Aクラス・Bクラス・Cクラスの3クラス制でした。

Aクラスはいわゆる〝成績が良くない子〟が集まるクラスなので、「教えに来る先生から熱意を感じなかった」らしいです。ただただ、生徒がおとなしくしてくれていればいい、という印象がさやかちゃんにはあったと言います。

そんなAクラスで、さやかちゃんは、僕《ぼく》に最初に会った翌日にはもう、

「私、慶應《けいおう》に行くから」

と吹聴《ふいちょう》していました。

もちろん、本当に慶應《けいおう》に行けるとは、この時点では自分でも考えていなかったそうです。なので、お上品な言い方で、ウケ狙《ねら》いで吹聴《ふいちょう》していたとか。そんな時、ギャル仲間たちは「いいじゃん、さやか、行きなよー」とはやし立て、おもしろがっていたそうです。

ですが、自他共に認める〝信じやすい〟性格だというさやかちゃんは、心のどこかで、僕《ぼく》の言葉を信じたのかもしれません。

学校のある先生が、

「お前が慶應《けいおう》に受かったら、オレは全裸《ぜんら》で逆立ちして、ここを一周してやるわ」

と言うと、

「よーし、絶対やってもらうから‼」

と言い返したと言います。


しかし、家では、複数の会社の経営者でもあるお父さん（さやかちゃんがパパと呼ぶので、本書でもそう呼びます）が、ああちゃん（お母さん）とさやかちゃんの話を聞いて、「ふざけるな」と怒っていました。

「塾《じゆく》でどうそそのかされたか知らないが、さやかが慶應《けいおう》に行けるわけがないだろ……。だまされているんじゃないか？　さやかを塾《じゆく》に行かせるムダ金を、オレは出さないぞ」


実際、当時、さやかちゃんの家庭はあまりうまくいっていませんでした。子育てに関する価値観の違いから、パパとああちゃんはお互いに意地になっていて、夫婦仲は冷え切り、夫婦間の会話は途絶《とだ》えがちだったとも聞きます。

お父さんが、長男（さやかちゃんの弟）をプロ野球選手にしようと躍起《やっき》になり、野球の英才教育を厳《きび》しく施《ほどこ》すいっぽうで、娘2人はもっぱらああちゃんが面倒を見ており、本人達が楽しがることを尊重して育てていた、と言います。

ああちゃんも意地になり、自分の稼《かせ》ぎだけで姉妹を養おうと独自にパートに出て、パパの世話にはなるまい、と必死でがんばっていたのです。

この頃のパパも意地になっていて、ああちゃんがご飯を作っても気に入らず、深夜まで〝お得意様の接待〟で帰って来ず……そんな状況下でああちゃんは、一度、さやかちゃんとまだ幼い長男を連れての家出も決意したことがありました。


パパにしてみれば、この頃、家では孤独だったのです。そして、脱サラして立ち上げたばかりの会社経営に全力投球で、あまりに多忙だったのです。はたから見れば、家庭を顧《かえり》みる心の余裕がなかったのも当然だと思います。そして深夜遅くに家に帰れば、ほとんど会話をしない、笑顔も見せないああちゃんがそこにいたわけです。

「パパは、ずっと、この家族は失敗だ、プロ野球選手候補《こうほ》の長男しか、希望がない、と思っていたのではないでしょうか」

と後にさやかちゃんが述懐《じゅっかい》しています。

こうして家庭では、夫婦が子育て法に関して意地を張り合い、パパは長男だけを面倒見て、母親は娘2人を面倒見て、といった役割分担をするようになっていきました。

長男は、「私（さやかちゃん）が陰でいじめても、絶対に親に告げ口しない優しい子だった」のですが、プロ野球選手になれというあまりの特訓《とっくん》とプレッシャーによって、この頃（中学生の頃）にはやはりグレはじめていました。そんな重い責任を、パパもまた実は心の中で自覚していて、ツラかったのです。

　そんなパパをさやかちゃんはずっと嫌っていたそうですが、25歳になった最近になって、ようやくパパのことを理解できるようになったと言います。

「パパはすごいさびしがり屋だけど、意地っ張りなんです。パパはかなり貧しい母子家庭で育ちました。おじいちゃん（パパの父親）が知人の保証人になったばっかりに、今なら約1億円にあたる借金《しゃっきん》を背負ってしまい、住んでいる家を追い出され、毎日お茶漬けで暮らす時期もあったそうです。そんな中、おじいちゃんは自殺をはかりますが、死に切れず、その後、ガンで病死しました。自殺しようとした時の遺書は、家にまだ残っています。

　そんな中、おばあちゃん（パパの母親）は借金《しゃっきん》の返済《へんさい》のために働きに働いていて
――それでパパは、親からあまり手をかけられずに大人になったんです。おばあちゃんはパパの事をすごく大切に考えていて、息子達のために必死で働いて、借金《しゃっきん》をついには完済《かんさい》するんですが、子ども時代のパパを構う時間的な余裕は、無かったんです。だから、昔のパパは、女性との接し方がわからなかったのかもしれません」

そんなパパが最近、さやかちゃんが紹介した彼氏《かれ》に、こう語っていたそうです。

「オレは、あの頃、家に帰っても妻が口をきいてくれず、妻の母親にもプレッシャーをかけられ、ツラかった。でも、妻はオレの10倍、ツラかったろう。いま、夫婦が仲良くできるのは妻のお陰だ」

今でこそ仲むつまじい家庭なのですが、さやかちゃんが僕《ぼく》の勤務《きんむ》する塾《じゅく》に通い出した当時は、今からは想像もつかないほどドン底を極め、崩壊《ほうかい》寸前だったのです。

これがさやかちゃんの受験勉強に、色濃く影《かげ》を落としていました。

さやかちゃんとお母《あ》さん《ちゃん》

小学校の頃のさやかちゃんはマジメでおとなしかったそうです。クラスで、グループの中心にいる子に憧《あこが》れていましたが、そうなれない自分にコンプレックスを感じていたそうです。人に好かれたいのに、自分の感情をコントロールできない自分。すぐにいじけてどこかに行ってしまい、離れた場所でうずくまってしまう自分。そんな自分がイヤでたまらなかったそうなのです。

そんなさやかちゃんの心の底には、今思えば、「パパにかわいがられている弟（長男）へのひがみがあったのではないか」とさやかちゃんは言います。パパも、父方のおばあちゃんも、プロ野球選手にしたい一心で弟ばかりをかわいがり、弟のグローブやスパイクが少しでも汚れるとすぐに新品を買い与えるのに、姉妹のほうは、ずっと古い服を着せられていたと言います。お正月には、一家の跡《あと》取りとして、弟にだけ座《ざ》布団《ぶとん》が用意され、さやかちゃんは平気な顔はしていましたが、そういうシーンをよく見て、後年になってもずっと忘れなかったそうです。

余談ですが、こういうことは地方ではよくあることではあります……僕《ぼく》も昔、妹から「お兄ちゃんだけ、おかずが一品多くてうらやましかった」と言われたことがあります。

そんな小学校2年生の頃、お母《ああ》さん《ちゃん》に心配して欲しくて、すべり台から落ちたことを、かなり大げさに「いじめられた」と言ったことがあります。

ああちゃんにただ「大丈夫⁉」と構って欲しかったのだそうです。

しかし、ああちゃんの反応は、予想外のものでした。

ああちゃんは、娘の話を聞いて、すぐ小学校に行きます。そして、担任《たんにん》の先生が、「いじめは多少なりとも絶対にあるものです。どこの学校もこんなもんですよ、長いものに巻かれてください」

と言うのに、大いに失望したそうです。それでも食い下がると、担任《たんにん》の先生は、

「そう言われましても、いじめっ子がいるのは普通で、この辺の子どもはみんな口も荒いですし……教師は大変なんです、忙しいんです。お子さん一人一人の気持ちまで想像して、ケアすることはできません」

そう聞いて、ああちゃんはついにこう言います。

「じゃあ明日からは、この小学校には通わせられません」

「いや、それはお母さんが来るようにし向けてくださらないと」

「じゃあ母親の私が学校につきそってもいいですか」

「それはちょっと」

「では、違う小学校に行かせてもらいます」

もちろん担任《たんにん》の先生は呆《あき》れていたそうです。周囲からは「親なら、先生の言うことを聞くべきだ」となじられたそうです。でも、ああちゃんの学校への失望はぬぐえませんでした。

ああちゃんも、さやかちゃんの言葉をうのみにしたわけでは無かったのです。でも子どもの発するSOSを見過ごしたくなかったのです。こういうときこそ、子どもに、「親はあなたを絶対守るのだ」という姿勢を見せたい、とも考えていたそうです。

担任《たんにん》の先生との話し合いは3時間。ああちゃんはおっとりした方で、小さな声で話す方なのですが、その小さい声で必死に粘《ねば》り続けました。それで果たして、何とか転校が許可されるのです。新しい小学校は家からかなり遠かったので、通学には毎日ついて行ったと言います。

「傍目《はため》には、〝モンスターペアレント〟、〝親バカにもほどがある〟と思われていたはずです」

と、さやかちゃんはのちにふり返っています。

そして当時小学2年生のさやかちゃんは、

「あ、私の一言で、こんな大事《おおごと》になるのか。しまったな」

と思いつつも、でも、

「うちのお母さんって、なんかスゴいな」

と感じていたそうです。

✎モンスターペアレント？　お母《ああ》さん《ちゃん》の過去と信念

この母親（ああちゃん）の行動と信念を理解するのは、一般の方には少し難しいかもしれません。

でも、さやかちゃんが1年で偏差値《へんさち》を40上げて慶應《けいおう》に現役合格したストーリーで大きな役割を果たすのが、このお母さん、ああちゃんであり、その信念だったのです。

そこで、ここで少し、ああちゃんのことを話したいと思います。子どもたちの教育に悩む、世の親御さんにとって、何かヒントになるかもしれない、と思うからです。

ああちゃんは、自分のことをダメ人間だと思って、育ちました。

ああちゃんの母親（さやかちゃんの祖母《そぼ》）に、

「この娘《こ》には良いお嫁さんになってもらって、自分がつかめなかった家庭的な幸福を、この子にこそつかんでもらわねば」

という一心から、家事全般に関して厳しくしつけられ、しかられ、怒鳴《どな》られ、たたかれて育ったそうなのです。

それが母親からの絶大な愛情表現なのでした。ですから、ああちゃんは、母親をうらんだことは一度もなく、母親のことを大好きだったそうです。

ですが、あまりにしかられた結果、子どもの頃から、「現実から逃避《とうひ》し、空想の世界に遊ぶ癖《くせ》がついていた」、そんな子どもになってしまったのだそうです。

子ども時代のああちゃんは、母親が家事を言いつけて外出すると、自由を得たうれしさから空想にふけって遊んでしまいます。そして母親が帰宅する時間が迫《せま》ると、家事を何もしていなくてしかられる恐怖で、体がこおりつき、さらに何も手につかなくなってしまったそうです。そして、そんな何もできない自分のダメさ加減が、イヤでイヤで仕方なかったと言います。

ああちゃんはまた、子ども時代に、大人の世界のイヤな面も見て育ってきました。

ああちゃんの母親の姉（ああちゃんの伯母《おば》）は大きなミスコンテストで優勝するだけの美貌《びぼう》を備え、かつ高い学歴を有していましたが、大金持ちに嫁《とつ》いでは、その嫁《とつ》ぎ先を破産させていました。

またああちゃんの母親の弟（ああちゃんの叔父《おじ》）は身体能力にめぐまれ、高校野球のスター選手でしたが、欲を出し過ぎて、どのプロ野球球団にも入れず、転落の人生を歩んでいました。

そしてそうした伯母《おば》や叔父《おじ》たちが、借金《しゃっきん》の申し入れに入れ代わり立ち代わり母親の嫁《とつ》ぎ先にやってきて、幸せだった家庭を破壊してしまったというのです。

幼い日から、ああちゃんは、その母親に連れられ、伯母《おば》や叔父《おじ》の借金《しゃっきん》の談判にも立ち会ってきました。

早朝から母親に手を引かれ、電車とバスを乗り継ぎ、いろいろな場所に行ったそうです。そうして時に、身ぐるみはがされた叔父《おじ》が、怖い口調の人たちに詰《つ》め寄《よ》られているシーンを見ました。「明日、我が子に食べさせるものがない」と泣きつく伯母《おば》の姿を見ました。濃い化粧《けしょう》をした派手《はで》な女性が、当時ヒモだった別の伯父《おじ》に迷惑をかけられたと、母親を激しくなじってくる姿も見ました。
そんな時、まだ小さかったああちゃんは母親のそばにだまって座らされていましたが、あまりの空腹に一言発した途端、母親に睨《にら》まれ、足をつねられたことを今でも忘れられないそうです。

子ども時代のああちゃんにとって、大人とは、ただただ恐ろしい存在でした。
そして、どんなに見かけが良く、人がうらやむような美貌《びぼう》があっても、一流大学を出た学歴があっても、プロスポーツ選手になれるほどの身体能力があっても、それだけではなんの役にも立たないこと、心の持ち方こそが一番大事なこと――を知りました。そして、一度は名声や美貌《びぼう》や地位に恵まれた大人たちが、ひたすら人を負かす心だけにとらわれて、欲にまみれ、人生を踏《ふ》み外していく姿を見過ぎていました。

ああちゃんの母親は、周囲にどんなに「バカだ」と言われても、そうした親類たちを見捨てられない人でした。そして家族や親類を自分が幸せに導くのだ、という強い意志を持った人でした。

こうした体験が、ああちゃん独特の子育て論のベースになったのです。

「ただの学歴にも名声にも意味は無い。だから、子どもに大人の理想は押しつけない。本人がワクワクすることだけをさせる。それが子どもの感受性ややる気をはぐくむ」

「子どもに絶対に腹を立てない。たたかない。子どもなりの理由をよく聞いて、さとして、わかってもらう」

「世界中が敵になっても、我が家だけは絶対的に味方だ、と思える家庭を作る。怖い親にはならない」

「いつでも、どんな時でも愛情をかけ続けることで、なんにでも感謝できる子に育てる。感謝できたら幸福感も得られ、運も向いてくる。それが人にとって一番の幸せではないか」

いつか子どもは親の庇護《ひご》下《か》を離れて、苦しいこと、悲しいこと、つらいことに出会うだろう。でも、家に帰ったら楽しい、絶対にほめられるというワクワク感や想像力さえあったら、子どもたちはなんとか生きていけるのではないか。だから家に帰ったら全員が味方だ、と思える家族になれたら、母親になれたら、と思っていたそうです。

「子どもが非行に走った原因は、あなた（母親）だ」

ああちゃんのこうした信念への、世間の風当たりは、もちろん強いものでした。

ああちゃんの信念の結果、さやかちゃんはギャルになって、学校の成績は学年ビリ。弟もグレ始めています。

周囲や親戚《しんせき》からは、「母親の親バカが過ぎるから、不良になった」「原因は、あなた（母親）だ」「こんなに甘やかされた育ち方をしている姿を見せられたら、うちの教育もダメになる」とののしられました。

しつけに悪影響だと公害のように言われました。「母親があんなに子どもを甘やかしている家を私は見たことがない。あんな育て方で子どもが非行に走らないわけがない」と。


ある時、知り合いのお母さんが、「うちの子、ずっとオール5だったのに、4が1つあったのよ。悔しくて、悔しくて！」と子どもの前で怒っていたそうです。

それを聞いてさやかちゃんたちは、「へぇー、あたしたちなんて、5、1個もないからね！」と自信たっぷりに答えました（実際、体育以外オール2だったのです）。

ああちゃんが「すごいじゃない！　4が1個あったって、すごいわよ！」と知り合いの子をほめると、

「あんたたちにそんなこと、言われたくないわ！　オール5じゃないと許せないのよ！」

と言い返されました。

それを聞いたさやかちゃんたちは、ぽかーんとしていたそうです。

確かに、ほめてばかりでは、子どもがダメにならないか、心配な親御さんは多いでしょう。でも実は、長年の指導経験と、心理学の成果から、僕《ぼく》はああちゃんの哲学《てつがく》には賛同をします。なかなか理解されないとは思うのですが（しかし本書を読み終わった方なら、きっとわかってもらえると思って、僕《ぼく》はこの本を書いています）。

ああちゃん自身も、こう話しています。

「しかる、厳《きび》しくしつけることを、大切なことだ、必須《ひっす》のことだと思ってらっしゃる親御さんの気持ちはわかります。でも、実際は、単に自分が腹が立ってしまって、そうしているケースも少なくないのではないでしょうか。愛情を持って、注意して教えてあげること、しからず、さとしてあげることができれば、しからなくても、厳しくしつけなくても、子どもは〝本当に悪いこと〟はしないものなんです。親との信頼関係さえあれば……。さやかも派手《はで》なギャルにはなりましたが、人に迷惑をかけることはしませんでした。母親が悲しむこと、嫌いなことがわかるので、やらないんです。

唯一、私に言わなかったのは、高校時代にタバコを吸《す》っていたことです。私が、健康に関わること、命に関わることを嫌うと知っていたので。なので、タバコだけは私に隠し通しましたね。タバコの所持で学校に呼び出された際も、さやかは私には〝これは友達のを持っていただけなの〟と言っていました。でも、私に隠していたことはただ、それだけです。

私が今でも夢に見て、うなされる失敗があります。

それは、さやかが幼稚園の頃、だだをこねて、遊んでいた子に意地悪をし、言うことを聞かなかったので、焦《あせ》ってしまい、『どうして、わからないの！』とたたいてしまったことです。さやかは泣いて、ごめんなさい、と言いましたが、それを今でも夢に見るぐらい後悔しています。自分が腹を立ててしまって、たたいても、いいことはひとつもなかった。子どもがもっとわがままになるか、ずるくなるだけなんです。幼児に対しても、理由をよく聞いて、よく話して、納得させることが大切です。子どもも、いろいろなことを考えて行動しているのです。

子どもを怒ってしまう時には、親にも理由があるんです。親の側にも〝用事があるから早く寝かせたい〟とか〝これを終わらせたいから、今こうしてくれないと困る〟とか。でもそれは、子どもにしてみれば勝手な論理なんですね。理不尽《りふじん》に怒られ続けているると感じると、子どもは悪くなる。もっと悪いのは、子どもの頃の私のように、自分のことを否定的に見る、自分のことが嫌いな人間になってしまう。

時間はかかりますが、子どもに向き合って、さとしてわからせると、だんだん、なぜそうしてはいけないかがわかって、自分から悪さをしなくなります。子どもに向き合う手間を惜しんで、怒ったら終わりなんです。小さい時こそ、なんでそうしてしまったのか、よく話を聞くべきなんです。子どもは自分の気持ちを言うのがヘタですので、よくよく話を聞くことが大切です。

かく言う私も、3人めの次女でようやく子育てをうまくできた、と思ったのです。それまで、失敗もありましたが、大人になった今の子どもたちを見て、親としての仕事の第一幕は、成功だったと思っています。何より、うちの子どもたちは、自分を肯《こう》定《てい》的に見られる大人に育ったからです。どんなに地位や名誉《めいよ》や、学歴があっても、自分を否定的に見る癖《くせ》のついた人間が、幸せに暮らせるわけがありません。

子どもが学校に行きたくないのなら、よく理由を聞けばいいのです。あるいは、1日でも2日でも、何とか行きたくなるような理由を考えればいいのです。頭ごなしに、〝先生の言うことを聞きなさい〟とは怒らないこと。時には、〝行きたくなければ行かなくてもいいよ〟と言うと、気が楽になって、かえって行けるようになったりするものです。そうしたコミュニケーションの積み重ねが、絆《きずな》になります。

子どもの学校での生活はストレスでいっぱいなので、毎日、行って無事に帰って来ただけでも、すごいことだと私は思っていました。そう思って、子どもをほめるんです。

世界一金持ちでなくてもいい、世界一頭がいいわけでなくてもいいので、世界一幸せになって欲しかった。それには、愛情をもって、ほめ続けることが大事だ、と私は自分の育てられ方から、学んだのです」

こうしたああちゃんの信念は、お母さん仲間には、ずっと理解されてきませんでした。ただ、子どもを溺愛《できあい》し、甘やかしているように見えたのです。さやかちゃんが慶《けい》應《おう》に受かり、妹のまーちゃんが上智《じょうち》大学に受かった後になると、今度は、やっかみから、ありもしない噂《うわさ》を立てられ、ああちゃんは苦しむことになります。

人と違った教育論、幸福論を貫くのは、並大抵《なみたいてい》のことではないのですね。

ずるくて汚い姿を見せることが教育なのか

ああちゃんの言葉にあったように、高校時代のある時、さやかちゃんのタバコが先生に見つかりました。それで、さやかちゃんは無期停学《むきていがく》になります。僕《ぼく》の塾《じゅく》に来る前のことです。

その際、友達が3人個別に呼び出され、誰と一緒にいたかを先生から問い詰められたそうです。

「お前が今日、呼び出されたのも、友達がお前を売ったからだぞ」と先生は切り出したそうです。「だからお前も、誰と一緒にいたかを言え。それを言えば、退学を免除してやる」

それでも、友達の名前を言わなかったさやかちゃんのことを、ああちゃんは「さやちゃん、エラいね」とほめたと言います。

そして学校に呼び出された際には、

「自分が助かるために友達を売れ、というのが、この学校の教育方針なんですか？本当にそれが良い教育だとお思いなんですか？　でしたらもう退学でけっこうです。でも私は娘を誇《ほこ》りに思います」

と小さな、しかししっかりした声で言ったそうです。

結果、なぜかさやかちゃんは無期《むき》停学《ていがく》で収まります。これを「髪《かみ》の毛一筋でも、私の言うことをわかってくれたのでは」とああちゃんは今でも信じています。

このように、傍目《はため》にはモンスターペアレントと見えてもおかしくない母親だったかもしれません。でも、ああちゃんはこう言います。

「世の親御さんは、娘が補導《ほどう》されるというのは、学校に呼び出されるというのは、恥ずかしいことだと思っているのかもしれませんが、私はむしろ、子どもとの絆《きずな》を深める良い機会だと思うようにしていました。ああちゃんは、絶対あなたの味方だからね、と子どもに示せる良い機会だ、と。

ご迷惑をおかけしたことは、もちろん深く謝罪《しゃざい》するんです。けれども、以後は、どんな時でも子どもは母親を頼ってくれるし、仮にイジメがあっても大丈夫だと思ってくれたようでした。補導《ほどう》された時でも、子どものしたことの良い面をとにかくほめて、〝先生の前では、いいよ、ああちゃん、土下座でもなんでもするからね〟と子どもに道すがら話して、とにかく子どもの味方であり続けたんです。それが結局、悪い大人にならないことにつながるんです」

そんなああちゃんが、今、ひどく後悔していることがあるそうです。

「それは、最近になるまで、良い夫婦の姿を子どもたちに見せられなかったことです。夫と私の子育ての考え方はあまりに違っていました。夫は、長男をとにかくプロ野球選手にしたかった。私は、長男が野球の試合前になるとぜんそくやじんましんになるのを見て〝体がこんな反応をしているようでは、もうダメだろう〟と思いつつも、それを愛情だと信じきっている夫に何も言いませんでした。〝いつ夫は気づくのか〟と見守っていました。

でも、そうした私の態度が家族を傷つけていたのです。子どもが幸せに育つには、夫婦の心がひとつでないといけません。あの頃は、夫婦が互いに我を張って、口も利かずに過ごしていました。それは私の責任なのです。夫の良さを子どもたちに伝えていなかったことを、本当に申し訳なく思っています」

なお、長男（さやかちゃんの弟）は、その後、高校時代に野球をやめてしまいます。そして長男が18歳の時に、パパは、自分の子育て方針が間違っていたことを、長男に謝ったそうです。これも、なかなかできることではない、と僕《ぼく》は思います。

そんなパパに、長男は、「（一緒に野球がやれて）楽しかったよ」とだけ返してくれたそうです。

そして今は、草野球を楽しみながら、パパのビジネスを受け継ぐ存在へと成長しています。僕《ぼく》はなんとなくこの長男は、大社長としての器を持っているのでは、と感じています。優しさと同時に、ひどい虚《むな》しさや苦しさを乗り越えた体験を兼ね備えているからです。

✎さやかちゃんがギャルになった理由

こんなご両親のもと、さやかちゃんはなぜ、ギャルになったのでしょう。

ああちゃんの決断で遠くの平和な小学校に転校したさやかちゃんは、自分だけズルをしたような負い目を感じていました。そして、「中学へ行ったら今度こそ、おとなしい自分の性格や友人関係をリセットしたいとぼんやり考えていたのかもしれない」と今のさやかちゃんはふり返ります。

そこで、「ああちゃんに、私立中学Xに入れば、あとは全然勉強しなくてもいいのよ、自分がワクワクすることだけしていても、大学まで行けるのよ、と言われた」のに奮起《ふんき》して、Xの入試を受け、合格を果たします。

そして実際、この中学でがらっと性格が変わったそうです。ああちゃんも驚くほど、明るい性格に生まれ変わります。周りの友達も今までの自分を知らない人ばかりなので、言いたいことも言えるようになり、グループの中心的な人物に、自然となっていけたそうです。

すると、次第に、服装が派手《はで》になっていきました。当時、意識はしていなかったそうですが、グループの中心にいる子は派手《はで》におしゃれをしている子が多く、見た目や服装に関してとにかく細かく指導してくる学校に対しても、良い子ちゃんでいるわけにはいかなかったのです。

そうして次第に、学校では勉強をしなくなり、校則違反《いはん》をするようになります。髪《かみ》や服装を派手《はで》にしたり、タバコを持っていたり、夜な夜なクラブに通ったりといった違反《いはん》をくり返し、学校の教師の間では不良扱《あつか》いになっていきます。今思えば、

「それはただグループの和を乱したくなかっただけかもしれない」

と言います。小学校時代の理想だった、ものをはきはき言える、グループの中心にいる存在になれたのは、楽しかったそうです。周りの友達もみな派手《はで》になっていきましたが、いっぽうでメガネをかけたおとなしい子にも「さやかちゃんは、オタク（まじめで地味な子、の意味らしい）にも優しいギャルだね」と言われたことをうれしく覚えているそうです。「中味は、そんなに変わっていなかったのかな」とさやかちゃんは言います。

ただ、中学3年~高校2年の夏は、パパとは大激突《げきとつ》するようになっていきます。

パパに「水商売みたいな格好をするな！」とどつかれたこともあります。

夜中になっても帰らず、地元では有名なたまり場である0で、「うるせえ！　クソじじい！」と言って、迎《むか》えに来たパパをののしって逃げる日もあったそうです。

でも、小学校時代とは異なり、この頃のさやかちゃんは、自分のことが好きだったそうです。パパになんと言われようとも、自分にはこんなに友達がいて、毎日楽しく暮らしている。それで勉強以外のことばかりをしていたそうです。仲間との遊びに打ち込んでいました。友達と夜中までずっと一緒にいて、カラオケに行き、街中をぶらぶら歩いていました。

各私立中学の派手《はで》目の生徒たちでOに集まり、友達の輪が広がるのもおもしろかったそうです。放課後のことだけを考えて生きていました。ホットカーラーを巻きながら授業を受けて……

「私立中学Xに受かった時、両親と一緒に発表を見に行ったんです。怖いから、パパとああちゃんを先に行かせて。すると遠くからパパが〝受かってるぞ！〟と。それで喜んでかけよった、その満面の笑みの写真が家に残っているんですが、結局、その後も、パパは弟ばかりをかわいがっているように見えました。それで、こんなにがんばって、絶対無理と言われていた私立中学Xに受かったのに、パパはそれでも弟なのか、と子ども心に落胆《らくたん》したのではないか、と今になってみれば、思います。

それで、パパが〝やめなさい〟と怒る方向に、どんどん反発していったのかもしれません。そっちに友達もいるし、友人関係で自信もついたし、勉強なんてできなくてもいいんだ、と中学3年生ぐらいで思いだしたんですね。やる気がなくなったんです。勉強に、価値を見いだせなくなった。勉強して良い中学に受かっても、パパは認めなかったし。弟は、プロ野球選手になるのかなあ、みんなにちやほやされていいなぁ、と。それで友達との絆《きずな》を求めたのかもしれません。なので当時は、将来の夢も抱けませんでした」

弟に対しては、ひがんでもいましたが、かわいそうだとも思っていたようです。なので弟の特訓《とっくん》に厳し過ぎるパパに対し、「このクソじじい‼」とののしって責め立てることも増えていました。

今にして思えば、いずれにせよ他愛《たあい》のない理由なのですが、そのまま軌道《きどう》がずれて行ってしまう子ども、そして大人も、世には多いのかもしれません。

そして、実際、さやかちゃんは僕《ぼく》に対しても「パパが！」とよく怒りを露《あら》わにしていましたが、僕《ぼく》は、彼女《かのじょ》がパパのことを大好きなのはよくわかっていました。なぜかというと、あの頃のさやかちゃんは、お父さんのことを本当に「よく見ていた」からです。

ギャルの頭の中

こうして、さやかちゃんは、中学・高校で、生活指導の先生から逃げ回る日々を送ることになりました。髪《かみ》を染めても停学《ていがく》、タバコや飲酒でももちろん停学《ていがく》。深夜徘徊《はいかい》、男女交際もNG。さやかちゃんの友達も続々と、停学《ていがく》になっていきます。さやかちゃんも、校長先生に「人間のクズ」と呼ばれるに至っていました。

校則違反《いはん》が見つかると、学校の先生は芋《いも》づる式に悪い生徒を見つけようとしたそうです。前述のように、一緒に校則違反《いはん》をしていた仲間の名前を言ったら無期《むき》停学《ていがく》で済ませてやる、言わなければ退学だと、脅《おど》されました。

さやかちゃんは「そういうやり方が、吐《は》きそうなほどイヤだった」と言います。夜中になるまで問い詰められても、仲間の名前は絶対言わないぞ、とがんばっていたそうです。

「誰それはお前のことを吐《は》いたぞ、いいのか？　お前は売られたんだぞ？」とウソをついて子どもを騙《だま》そうとする。

内心、「人を教える側の人間が、こんな汚いやり口をしていいのか」と思っていたそうです。「あの人達は、生徒達の友情を壊《こわ》して、何がしたいのか」と。「停学《ていがく》にさせたらボーナスでももらえるのかな」と。

それで、「こんなクソみたいな学校、もう行きたくないし、エスカレーター式に上の学校に行く意味も無いな」とさやかちゃんは思い始めます。「それでも高校だけは行っとくかと思って、一時おとなしくしていた」が、「大学はいいや」とあきらめていたのです。

ああちゃんはと言えば、何度も学校に呼び出されていました。そんな時、ああちゃんは先生に対して、さやかちゃんの隣《となり》で、

「うちの子はそんな悪い子じゃないんです。優しい子なんです。先生達は生徒を、成績や服装《ふくそう》だけで判断して、大事な心をつぶしてしまっているんじゃないですか」

と抗弁《こうべん》して泣いていたそうです。

「先生は、さやかのスカートが短いから、髪《かみ》が茶色いから、悪い子だって言うんですか？　それが悪い子だと言うなら、うちの子は悪い子で構いません」

それを隣《となり》で見ていて、「あぁ、ああちゃんをこれ以上泣かせてはダメだな」と子ども心に思ったと言います。

さやかちゃんにしてみれば、先生の言うことはすべて事実だし、ああちゃんも、それをうれしいとは思っていないはずなのに、それでもかばってくれるのか、と。

それで、「ああちゃんを泣かせないように生きないとな」と彼女《かのじょ》なりに考え始めて

いたそうです。

さやかちゃんも最初はタバコを吸《す》いたくて吸《す》っていたわけでもなかったのだそうです。悪《わる》ぶりたくて、調子に乗って吸《す》っていただけ。仲間がやっているから、空気を読んで吸《す》っていただけだ、と。「それはたぶん、私だけじゃないと思います」と今のさやかちゃんは言います。

でもああちゃんが、「悪い子じゃないんです。悪い子じゃないんです」と泣いているのを見て、さすがにさやかちゃんも反省をし始めます。

違反《いはん》をした仲間を吐《は》かせる手法に関して言えば、学校の先生にしてみれば、勉強を教える忙しさや学校システムに囚《とら》われて、ひどく疲《つか》れている面もあってのことなのだろう、と僕《ぼく》は思います。タバコや金髪《きんぱつ》の生徒を見かければ、マネされては困る、見せしめにしないと示しがつかないと考え、「どうしたらいいのだ」とくよくよ悩んでいる教師も多いのではないでしょうか。

ですが、汚い手を使えば、子どもにはわかります。

そういう大人のやり方によって人生の軌道《きどう》がずれた子どもや大人は気の毒だと思い

ます。あるいは親の側も、子どもと向き合う時間を取れず、子どもを効率よく支配しようとする教師の肩《かた》を安易に持ってしまうケースが、少なくないのかもしれません。

✎ギャルさやかちゃんと僕《ぼく》との出会い

そんな中、僕《ぼく》は、さやかちゃんに出会いました。

高校2年の夏休み頃のさやかちゃんは、実は「だいぶ落ち着いて」いました。中3の時、無期停学《むきていがく》をくらい、友達の中には退学になってしまう子もいたそうですが、さやかちゃんは「かろうじて推薦《すいせん》をもらえ」、私立高校Xに上がれました。それで、学校にいる間だけはおとなしくしよう、派手《はで》になるのは放課後からにしよう、ああちゃんをもう泣かせないようにしよう、という心理になっていたそうです。

相変わらず、勉強はまったくしていなかったそうですが……そもそも授業についていける学力が、もうなかったのです。

しかし、さすがに学年ビリでは、大学Xへ上がる推薦《すいせん》はもらえなそうです。Aクラスというのは「(さやかちゃん曰《いわ》く) バカクラス」(推薦《すいせん》で大学Xへ上がるクラス) でしたが、そのAクラスでも、気づけばさやかちゃんはだんトツ最下位になっていました。「これはヤバいな、出席日数も足りず、目もつけられていたので、大学への推薦《すいせん》はないかもな」と思っていました。でも、前述のように、「こんなだったら大学へ行ってもつまらなそうだな」と子どもなりに腹をくくっていたそうです。

そんな高校2年の夏、ああちゃんに「さやちゃんも、そろそろ大学のことを考えたほうがいいんじゃない？」と言われて、僕《ぼく》の塾《じゅく》へ連れて来られたのでした。

とはいえ、さやかちゃんには、そもそも塾《じゅく》に行く気はさらさらありませんでした。同じところに長く通えない性格だ、と自覚していたからです。ですから、

「話だけ聞きに行きましょうよ」

とああちゃんに言われた時には、

「まぁ、暇《ひま》だし、1回、話だけ聞いてやるか」

と軽い気持ちで、僕《ぼく》が勤《つと》める塾《じゅく》の面談にやって来たのです。

そしてその場で「かんたんなテストをやってみて」と言われ、解いたところ、「我ながら、驚くほど」できませんでした。

ただ、その時の僕《ぼく》の反応が、学校の先生と違っていて、少し驚いたのだそうです。

さやかちゃんが当時をふり返って、こう話しています。

「それを見た先生が、めちゃくちゃ爆笑していたんですね。〝おお、これもできないのかー！〟と。なぜか、うれしそうに見えたのが印象的でした。で、ボソっと先生が〝君みたいな子が、慶應《けいおう》大学に行ったら、おもしろいよね！〟と言ったんです。それを聞いて〝頭おかしいな、この先生。慶應《けいおう》の難しさぐらい、知ってるわ〟と心に思いました。

でも同時に、〝慶應《けいおう》かあ、考えたことも無かったな〟とも思ったんですね。その時は冗談だと思ったんですが、なんだか話して楽しかったな、という印象で」

「よく笑う先生だな」

「坪田《つぼた》先生は、初対面の時からよく笑う方でした。私が何気なく言った一言でも、よく笑う。〝よく笑う人だな、何がおもしろいんだ？〟と思いましたが、なんだか楽しくなってきて、〝また来てもいいかなー〟と思ったんです。それが始まり。

何かをさわりだけ、ちょっとだけ教わった時に、〝あ、この人の説明、すごくわかりやすいな〟と。信用できるな、とまでは思わなかったんですが、単純に〝この人ともっと話したいな〟と思ったんです。で、行ってやってもいいか、と」

こうしてさやかちゃんは、週に3回、僕《ぼく》が勤《つと》めていた塾《じゅく》の夏《か》期講習《きこうしゅう》に通って来るようになります。

「その時は、徹夜《オール》で遊びながら、塾《じゅく》に通い出し、だんだん坪田《つぼた》ワールドにはまっていきました。何より、その頃、私をあんなにほめてくれる人は、ああちゃん以外にはいなかったから。何より、何かにつけて、〝君はすごいねえ！　頭の中が空っぽだねえ！〟とか言って、ほめて笑ってくれました。それが不思議とイヤじゃなく、肯定《こうてい》されている気がしたんです」

「普通の先生は、〝なんでこんなことも、わからないんだ？〟とシブい顔をするのに、坪田《つぼた》先生は、〝こんなに無知で、今までどうやって生きてきたの？　天才だね！　君は無知族の酋長《しゅうちょう》だね！〟とほめてくれました。もしかしたら、本当にバカにされていたのかもしれません。でも、すごいほめられている、肯定《こうてい》されている雰囲気《ふんいき》があって、もっとしゃべりたい、もっとしゃべりたいとなっていったんです」

「とにかく、やるべき勉強が終わった後に、その時の好きな男子の話とか、友達の話とか、両親のこととか、なんでも話しかけるようになったんです。それで、勉強もがんばろう、この先生にほめて欲しい、この勉強を1回くり返せばいいところを、2回くり返したら、先生はびっくりするだろうな、とか想像するのが楽しくなっていって」

「そして、何より、〝勉強して、ものを知ると、こういう大人になれるのか。こういうおもしろい話ができるようになるのか。じゃあ、勉強をがんばろう〟と初めて思えたんですね。

私はあまり人の話を一方的には聞けない性格なんです。でも、坪田《つぼた》先生の話はおもしろかった。勉強すると、こんなに話題が広がるのか、今まで私は知識が無くて損してたんだな、知ろうともしなかった世界にもっとおもしろいことがたくさんあるんだな、と。坪田《つぼた》先生みたいなおもしろい話ができる人になりたいな、と。それが勉強を始めた原点です」

「慶應《けいおう》に関しても、坪田《つぼた》先生が、〝慶應《けいおう》に受かって、ものを知っている仲間たちと出会うと、さらに世界が広がるよ〟と教えてくれました。それで、〝じゃあ、慶應《けいおう》に行ってみたいな〟と。坪田《つぼた》先生がことあるごとに〝慶應《けいおう》、すごいよ〟って言うから、〝じゃあ、慶應《けいおう》〟と。〝なぜ慶應《けいおう》だったのか〟――それは坪田《つぼた》先生が〝すごい〟と言うからだったんです」

もちろん僕《ぼく》には、慶應《けいおう》大学なら、東京大学などと違ってカバーする試験科目の分野が狭いことと、あとは試験の傾向から、この娘《こ》には向いているだろう、という戦略がありました。とはいえ単純に、この派手《はで》な偏差値《へんさち》30のギャルが、1年半で慶應《けいおう》に受かるなんてことが、この世の中で起こってもいいじゃないか、とおもしろがる気持ちもあったのです。

第二章 始まった受験勉強、続出する珍回答

「すみません、10分だけ寝てもいいですか？」

「あのさ、さやかちゃんは、ずっと金髪《きんぱつ》なの？　学校の先生から注意されない？」

「あー、さやかねぇ、夏休みだから金髪《きんぱつ》にしたの。いつもは茶色だよ！　しかも先生が面倒だから、普段は、黒スプレーかけてるの」

「そっかぁ。でも今年の夏は、もう遊べないねー」

「いや、ちょっと待って、今年の夏はもう友達との予定が結構あって、それ以外はがんばるから、最後に遊ばせてもらえないでしょうか？」

彼女《かのじょ》は、デフォルトのタメ口に敬語を混ぜつつ懇願《こんがん》してきました。

「なるほど。じゃあ、約束の分は思いっきり遊びな。でもね、塾《じゅく》の勉強はしっかりメリハリつけてやるんだよ」

「やります！」

そう言った彼女《かのじょ》でしたが、一度だけ塾《じゅく》で、

「すみません、10分だけ寝てもいいですか？」

と言ってきたことがありました。当時のことを、さやかちゃんの友達はこう語っています。

「あの頃はまだうちらとカラオケで徹夜《オール》とかしていて、その場で塾《じゅく》の英語の宿題をしているのを見ました。でも、え？　こんな低レベルの英語を？　って感じで。え？

それやってて慶應《けいおう》？　そんなんで間に合うの？　って」

それがさやかちゃんなりの、友達と僕《ぼく》、双方との約束の守り方だったのです。その時にカラオケボックスで解いていたのは、中学英語の総復習問題集でした。

さやかちゃんが10分だけ寝ていいか、と言ってきたのは、その日やるべきことを終えた後でしたので、僕《ぼく》は「いいよ」と快諾《かいだく》しました。そして10分後に見に行くと、彼女《かのじょ》は机によだれを大量に垂《た》らしながら爆睡《ばくすい》していました。僕《ぼく》は笑って、あと5分寝かせてあげることにしました。

夏期講習《かきこうしゅう》の頃のさやかちゃんは、塾《じゅく》に来て、家に帰って友達と徹夜《オール》でカラオケに行き、カラオケボックスで予習（宿題）をやりながら過ごし、塾《じゅく》に来て……をくり返していました。

冗談抜きで、「happy」のつづりとか、I my me mine……とか、そういうのからのスタートだったので、周りの友達が驚いたのも、致し方ありません。

僕《ぼく》は一応、TOEIC《トーイック》で満点を取る英語力があります。だからこそ、あの頃の彼女《かのじょ》の実力と、到達すべき慶應《けいおう》の英語問題との異常なレベル差は、一番よくわかっていました。

例えば、慶應義塾《けいおうぎじゅく》の2013年度総合政策《そうごうせいさく》学部一般入試問題の英文は、次のようなものです（出典は、JOHN TIERNEY 氏の Do You Suffer From Decision Fatigue? という雑誌記事です〈August 21, 2011, on page MM33 of the Sunday Magazine with the headline: To Choose is to Lose.〉）。

There was nothing malicious or even unusual about the judges' behavior, which was reported earlier this year by Jonathan Levav of Stanford and Shai Danziger of Ben-Gurion University. The judges' erratic judgment was due to the occupational hazard of being, as George W. Bush once put it, "the decider." The mental work of ruling on case after case, whatever the individual merits, wore them down. This sort of decision fatigue can make quarterbacks prone to dubious choices late in the game and C.F.O.'s prone to disastrous dalliances late in the evening. It routinely warps the judgment of everyone, executive and nonexecutive, rich and poor —— in fact, it can take a special toll on the poor. Yet few people are even aware of it, and researchers are only beginning to understand why it happens and how to counteract it.

　これに対し、さやかちゃんは、スタートの段階では、正直「アルファベットはなんとかわかる」というレベルだったのです。

しかし、そんな彼女《かのじょ》は、中学英語の復習を11日間で終えるがんばりをみせます。そして夏休みの間に、早くも高校英語の教材を使い始めるのです。

とはいえ、やはり難しい側面もありました。

たとえば「Greek myths」を「グリーク・ミスさん」というふうに、わからない英単語を全部人の名前だと認識することが多かったのです。で、「これは〝ギリシャ神話〟って意味だよ」と教えた時に、ゼウスだとか星座だとかを連想できないので、英文の解釈がなかなか進まないのです。

わからない英単語は、英和辞書を引きます。すると、その日本語がわからないので国語辞典を引きます。さらにその意味がわからないので、また国語辞典を引きます。これを何度かくり返すと、最終的に元の言葉に戻ってしまい、「どうしたらいいですか？」となるのです。

そんな状況でも、さやかちゃんは毎日のように塾《じゅく》に来て勉強していました。

こんな苦しい状態で、一歩一歩進んでいく姿を見せながらも、じょじょに英語の長文や、現代文の中身が難しくなるにつれ、ベースとなる知識がほとんどないことが原因で、なかなか「正答」を導きだせなくなりつつありました。

こうして勉強が進むほどに、新たな高い壁《かべ》が見えてくる状態が最後まで続くのです。

✎「全然ダメじゃん！」とバカにされないように

さやかちゃんはこの頃のことをこう回想しています。

「高校3年に上がるまでは、まだ遊びまくってました。でも、遊びながらも、坪田《つぼた》先生に言われた予習復習は必ずやっていましたね。

それは、なんでだろう……そんなに苦痛じゃなかったんです。塾《じゅく》に行くのが苦痛じゃなくて。

翌日、塾《じゅく》で、〝全然ダメじゃん！〟とバカにされないように、毎日指定された範囲の予習復習をしていました。坪田《つぼた》先生は、とにかくめちゃくちゃバカにして、笑ってくるので、そうされないよう。

笑われるのはイヤではなかったんですが、〝なんだよ……そんな言われるか？〟とは思ってました。

あとは、プライベートで何かあったら明日、勉強を終えた後で坪田《つぼた》先生に話そう、とか。あの話をしたら絶対爆笑するな、とか。そう想像したりしていたので、塾《じゅく》に行くのが苦痛じゃなかったんですね。

ただ徹夜《オール》で遊んで、そのまま夏期講習《かきこうしゅう》に行っていた時は、体がきつかったです。その時は帰宅後に1時間だけ寝て、起きて宿題をして塾《じゅく》に行く、という生活をしていました。その後は、遊びと塾《じゅく》の両立のため、睡眠《すいみん》時間はたいてい5時間程度でしたね。〝部屋が暗いから、明るくして〟とか言って。それを周りのギャルの友人たちが、おもしろがってくれたんです。〝そんなに勉強しだして、どうしたん？〟と。

それが今度は心地よくなってきました。

それで、みんなの前でわざと勉強したりして。〝今、勉強中だから、話しかけないで〟とか、ギャップで笑いをとってました。

みんなは、〝超おもしろいんだけど、さやか、ヤバくない？〟とか言って、わざわざ勉強してるところに、他のクラスの子達が見に来たりして。学校の先生の言うことを聞いていたらそうはならなかったかも、ですが、学校の言うことは相変わらず聞かずに、というか、よりいっそう聞かずに、みんなが見たこともない参考書で独自に勉強していたので、おもしろがられたんだと思います。

さやかがなんかおかしなことを始めたぞ！　と」

✎見え始めた（？）成長

高校2年の夏期講習《かきこうしゅう》が終わり、それまで週3回来ていたさやかちゃんは、週4回、塾《じゅく》に通って来るようになります。そして、さやかちゃんは少しずつ進歩を見せ始めます。

たとえば、「日本史の〝時代〟を順に言ってみ」と聞くと、

「最初が、北京《ペキン》時代かな……」

「ブブーッ」

「あ、中国時代か……」

「ブブーッ」

となるのですが、これは北京《ペキン》原人のことを知り、さらには北京《ペキン》が中国と関係があると覚え出したしるしなのです。良いぞ。

「日本の話！」

「あ、縄文《じようもん》時代！……次が少年時代」

「で？」

「……次が少女時代」

「少年時代、少女時代、イエーイ（と僕《ぼく》が言ってさやかちゃんにハイタッチ）」

——まぁ、こんな感じで、傍《はた》から見ると歩みは遅いのですが、少しずつ知識は蓄《たくわ》えられていきました。

「縄文《じょうもん》時代、なんとか石器時代、平安時代……あ、中国時代はその頃かな？」

「まだ中国時代を忘れられないんかい！　日本の中国時代って何があった時代？」

「あれ、やっぱり中国時代はなかったのかな」

「石器時代には、旧石器時代と新石器時代があるよねぇ」

「そうだ、旧石器時代はサルしかいない。あの時代はヤバい」

「サルしかいないって……で、新石器時代は？」

「うん、新石器時代はゾウしかいない。毛が生えた……」

「それ、『ギャートルズ』（昔の原始時代アニメ）のイメージじゃん。で、平安時代はどんな時代？」

「平安時代の女はブスばっかり」

「おおっ、平安時代で、そういう絵が浮かぶなんて、進歩したねえ」

このようにさやかちゃんは、よく見た目のことを言ってくるので、はっとさせられることもありました。奈良の大仏の写真を見せた時も、このあと唐から鑑真《がんじん》が来て……とか説明していると、

「この大仏、めっちゃテンパー（天然パーマ）！　なんで昔の人はこんなテンパーの像ばかりを造ったの？」

と聞いてきます。

「なんでストレートヘアで造らなかったの？　当時はテンパーしかいなかったの？」

この明るい天然の発想はスゴいな、と正直思いました。最初に気にするのが髪型《かみ》かよっていう（ちなみに、あの髪型《かみ》は悟りを開いた者の証《あかし》のひとつだそうですが）。

さやかちゃんにしてみれば、日本史のことはなかなか覚えられませんでしたが、

「坪田《つぼた》先生は歴史をドラマチックに語るので、正直、そんなことまで知っているって、よっぽど暇《ひま》なんだな、この先生」

と、感心していたそうです。

ちなみに歴史上の人物では、フランシスコ・ザビエルが一番好きだったそうです。

「あの人は、割といい人。顔的に。アメリカのキリスト教を日本で流行《はや》らせようとして、嫌われちゃった」

「あの絵のポーズが、学校で流行《はや》った。みんなで〝フラーンシスコ、ザビエルッ！〟って言って、手をあの肖像《しょうぞう》のように胸の前で組むのが」

そんな理由かい。

またある時には、

「あれっ、先生、地球って丸いかもしれない！」

と突拍子《とっぴょうし》もないことを言ってきたこともあります。
25歳現在の本人曰《いわ》く「なんでかは忘れたけど」、ある時突然《とつぜん》、「あれっ？　地球って丸いのかも、と感動したことがあった」のだそうです。

「すごいことに気づいたね。教わったんじゃなくて、日常生活の中で自力で気づいたんなら、相当な天才だよ」

「そう？　えへへ」

「じゃあ、今まで地球儀《ちきゅうぎ》はナンで丸いと思ってたの？」

「あれは、地図が横に長いと持ち運ぶのが大変だからっしょ！」

さやかちゃんは、こういう時の反応速度がめちゃ速いのです。教師からしてみると、その発想はなかった、という回答も多いんですね。

そう思ったもうひとつのエピソードが、

「コーランは何語で書かれているか？」

という問題への解答。さやかちゃんの書いた答えは、

「1万5千語」（正解はアラビア語）

「何これ？」

「いやー、1万5千語ぐらいで書かれてるんじゃないかと思って」

それで僕《ぼく》が、隣《となり》で教えている先生に「聞きました？　この子、言語を聞いているのに、語数を書いてきたんっすよ」と言って笑っていると、

「いや、何語って書いてあったら、普通、そう書くっしょ！」

とかいちいち反抗してくるのです。それで、

「いや、普通じゃないし。んじゃ、他の子に聞いてみよか？」

とか言って。〝医師である父親を殺すのが夢〟と言って塾《じゅく》に通い始めた男子（今では立派な医師（インターン）として活躍《かつやく》していますが、当時はさやかちゃん同様に、お父さんに憎悪の炎を燃やしている子でした。彼《かれ》のお話もいずれどこかでできるでしょう）を呼んで、

「ねぇねぇ。これなんて答える？」

と聞くと、

「わかんないすけど、中東の言葉とかですかね」

それで、さやかちゃんがこう答えた、と教えると、

「うお、さすがさやかさん！」

とか言って、教室中に笑いが起こるのでした。そんな時、さやかちゃんを見ると、ほめられたと思って満面の笑みを浮かべ、自慢げに鼻をふくらませて、なぜかピースサインをしています。

そこで心理学で言うリフレーミング（発想の枠組《わくぐ》みを変えてほめる）を使って、僕《ぼく》が、

「いや、こういう発想ができるのはスゴいよ」

とほめると、

「でしょ？　ていうか、これ問題の書き方が悪いって」

なんて言ってきます。で、

「違うわ！」

となるのですが、これに関しては、25歳になった今も、未《いま》だに、

「ハズレではない」

と主張しています。

「だって、そうとも言える、っていう問題でしょ」

「いやどっちみち1万5千語じゃないから！」

今も昔も、ちょっとほめるとすぐ調子に乗って正当性を主張してくるから面倒くさいのです。それが彼女《かのじょ》の魅力でもあるのですが……

✎「絶対に見返してやる」

さやかちゃんと僕《ぼく》のやりとりが、ボケとツッコミになり、教室中が笑うようになっ

てはきましたが（これはあくまでもボケとツッコミでした。生徒と教師が、叱責《しっせき》される側と叱責《しっせき》する側になってはダメなのです）、さやかちゃんの慶應《けいおう》合格のためには、これでは間に合わないということもまた、はっきりしてきます。

彼女《かのじょ》が高校3年生に上がろうとする頃のことでした。

そこで、僕《ぼく》は、無制限コースという、日曜を除けば塾《じゅく》へ毎日来られる学習コースを、さやかちゃんに勧《すす》めます。ただ、それには当時の塾《じゅく》に、百数十万円というまとまったお金を前払いしてもらう必要がありました。

ですが、その頃、ああちゃんとさやかちゃんには、お金がありませんでした。

ああちゃんは、自分の服を買うどころか、カード類も携帯もすべて止められていた時期だったのです。なので、塾《じゅく》に払うまとまったお金を、ああちゃんがどう工面したのか、さやかちゃんは今に至るまでずっと知りませんでした（実際、ああちゃんは、子どもたちのために小さい時から積み立てていた郵便局の定期預金《よきん》をすべて解約し、自分で積み立てていた生命保険もすべて解約して、それでも足りない分は、アクセサリー類をすべて売り、へそくりをかき集めて、お金を用意したのです。それでも、塾《じゅく》への納入期限を一週間ほど過ぎて、ようやくお金が集まったのでした）。

その時、ああちゃんは、さやかちゃんが慶應《けいおう》に受からなくても、何も惜しくないと思っていました。ただ、ただ、この塾《じゅく》で学ぶことがさやかちゃんのためになると思って、お金を用意したのだそうです。今は、さやかちゃんが、勉強することにワクワクしている。だったら、思い切りやらせてあげたい、と考えたんです。

僕《ぼく》は、過去に千組以上の親御さんと面談してきましたが、こういった際に必ず聞かれることがあります。それは、

「志望校に受かる確率は、何％でしょうか」

といった質問です。これには、本人のがんばり次第、親御さんのサポート次第、としか言えない面がありますが、この時、ああちゃんは、そういったことはなにひとつ、僕《ぼく》に聞いてはきませんでした。

「合格不合格は関係ないと思っています。あの子が坪田《つぼた》先生を信頼してがんばっている。その坪田《つぼた》先生がこうしたほうがいいとおっしゃるのなら、お任せします」

ああちゃんは、塾《じゅく》の前に停《と》めた車の中で、さやかちゃんに札束《さつたば》が入った封筒《ふうとう》を渡しました。

さやかちゃんはああちゃんの車から降りて、「こんな分厚い札束《さつたば》、持ったことがな

いな」と思いながら、塾《じゅく》にかけ込んできました。

ああちゃんがこう回想しています。

「その時、帰宅したさやかから、札束《さつたば》を受け取った坪田《つぼた》先生が〝このお金の重み、わかる？〟っておっしゃったと聞きました。それで、さやかは、〝ああちゃん、私、絶対受かってみせるから。絶対、いつか倍にして返すから〟と言ったんですね。それを今でも忘れません」

いっぽうのさやかちゃんは、ああちゃんの、

「慶應《けいおう》には受かっても、受からなくても、いいんだよ。さやちゃんが学ぶことの素晴らしさに気づいてくれただけで、ああちゃんはうれしいんだから、お金のことは、何も気にしなくていいんだよ」

という言葉を聞いて、

「これはもう、塾《じゅく》では、1秒たりとも寝られないな」

と思ったそうです。そして、ここから、塾《じゅく》から帰ると朝方まで塾《じゅく》の予習復習をし、数時間寝てから学校へ行って授業中（！）に少し寝て、その後、僕《ぼく》の塾《じゅく》へと通ってくる日々が本格的に始まることになります。実際、その後、塾《じゅく》では1秒たりともさやかちゃんがうとうとすることはありませんでした。

そして意地になって金銭的支援をいっさいしないパパに対し、さやかちゃんは、

「絶対に見返してやるからな」

と思っていたそうです。

ちなみに、前述の〝医師である父親を殺すのが夢〟という男子生徒は、毎日、「今日のさやかちゃん」というニュースをお母様に報告していたそうです。そして、すっかりさやかちゃん発言のファンになったそのご家族は、家の冷蔵庫《れいぞうこ》にさやかちゃんの写真を貼っていたと言います。

✎「どうしてそんなに不細工《ぶさいく》になったの？」

高校3年生になると、〝あくまでも卒業するために〟通っていた高校Xでは、さやかちゃんが授業中に、うとうとしている時間が長くなってきます。

高校の先生も、「あいつは最近なんだか勝手に勉強しているようだな」とは気づいていた様子だったそうですが、さやかちゃんが学校の授業を無視する態度は変わりませんでしたし、学校の先生が授業中にさやかちゃんを指すことは、相変わらずまったくなかったそうです。

「まぁ、前よりおとなしいし、騒《さわ》がれるよりもいいや、と思っていたんでしょう」

とは、今のさやかちゃんの弁です。

しかし、だんだんテストの点が上がっていくと（さやかちゃん曰《いわ》く「学校のテスト対策をしたことは一度もないのですが、だんだんカンタンに思えてきたんです」）、少しずつ、スカートの短さや生活態度を注意されることも減っていったそうです。

ただ、実際、さやかちゃんのスカートは、この頃から、校則どおり、長くなってきていました。さやかちゃんがこうふり返っています。

「朝、スカートを短く見せる作業は結構手間なんです。めくり上げて、ゴムで縛《しば》るんですが、だんだんその時間も惜しくなって。どうせ放課後にどっかに遊びに行くわけでもないし、おしゃれしてもムダだな、スカートを短くしても意味ないな、って。女子校だったので、好きな人が学校にいたわけでもないですし。

今、さやかが勉強しだして頭がおかしい、と言われているので、どうせなら見かけもおかしくなってやろう、と。生活指導の先生につかまる時間もムダだったので、くつ下も地味にして。とにかく、何か言われてスタミナを浪費したくなかったので……で、友人達へのウケ狙《ねら》いがエスカレートして、わざと髪《かみ》を真っ黒に染めて、短く切って、ダサくして、遊びに行けないようにして。

Aクラスの子は、みんな推薦《すいせん》で大学Xへ上がれるので、多くの子がお化粧《けしょう》をして、髪《かみ》を巻いて遊びに行ってたんですが、〝自分は遊びに行っちゃいけない、私には勉強がある、でも行きたい、だから行けないぐらいダサくなろう〟と考えたんです。その頃は、遊べないストレスで顔も太ってきて、ニキビもできてきて。それで、穴があいているジャージで、リュックを背負って塾《じゅく》に行ってましたね。

仲間には、〝さやか、さやか、どうしてそんなに不細工《ぶさいく》になったの〟と笑われていましたが、ウケてる、ウケてると、そうイヤではなかったんですね。

坪田《つぼた》先生にいじられ続ける中で、ボケて笑われる快感も覚えたのかもしれません。でも学校では、授業中に、だんだん居眠《いねむ》りすることが増えていきました」

✎「その質問、絶対されると思って、事前に調べてきたんだよね」

塾《じゅく》では、前述したように、基本、マンツーマンで授業を行なっています。ある生徒がマンツーマンで指導を受けている間、他の生徒は、自習をしたり、テストをしたりしながら、順番に複数の先生が入れ替わりでやってくるのを待っている方式なのです。

ただ、ここで、「次の日までに、ここからここまでを予習しておくように」と指定した範囲をしっかりやっていないと、僕《ぼく》との会話自体が成り立ちません。続かないんです。それで、さやかちゃんもがんばって予習をしてくるわけでしたが、次第に、問題集や参考書の記述だけではなく、そこからはみ出した派生《はせい》問題をも質問する段階へと学習が移行していきます。

そうするうちに、さやかちゃんが、

「その質問、絶対されると思って、事前に調べてきたんだよね」

と喜ぶ機会が増えてきました。それで僕《ぼく》が、

「おお、出題者の意図を考えて勉強するようになったな。えらいぞ」

とほめると、へっへっへと鼻をふくらませて喜ぶさやかちゃん。そこで、

「じゃあ慶應《けいおう》の出題者の意図は、どうやってわかる？」と聞くと、

「慶應《けいおう》の先生に電話する」

「教えてくれると思う？」

「ううん、思わない」

「じゃあ、どうしたらいいかな？」

「う〜ん、前に出た問題をやる！」

僕《ぼく》はようやくここまでたどりついたか、と思って、

「じゃあ、慶應《けいおう》の過去問を、土日に解いてみようね」

と言って、自主学習をさせました。すると、月曜には、

「むっちゃ難しい」

とがっかりするさやかちゃん。それでまた毎日、「ここからここまで」と範囲を絞《しぼ》った勉強法に戻るわけですが、このように、手近なゴールを見せながら課題を出してい

く方式は、さやかちゃんには合っていたと思います。

そして、時間制限の中で解答をすること、出題者の意図を察知《さっち》することを覚えるために、「10、9、8……」とカウントしながら、派生《はせい》問題をクイズ形式で出していく勉強法も彼女《かのじょ》に合っていました。

そして何より大事だったのは――もちろん、成績も上げたいわけですが――学ぶこと自体がおもしろいんだぜ、というメッセージを発信し続けることでした。

教室で、生徒にとにかく言うことを聞かせて、おとなしくさせることよりも、そのことのほうがずっと大事だと僕《ぼく》は思っています。


「地動説って誰が唱えた？」

「コロンビア！」

「いや、それを言うならコロンブスだろ……しかもそれも違うし！」（正解はコペルニクス）

「ブラジルの首都は？」

「カンボジア！」（正解はブラジリア）

「sixth sense《シックス センス》ってわかるか？」

「……性的感覚」（正解は第六感）

相変わらずことごとく間違っていましたが、だんだん、重要な用語は頭に入って来つつあるようでした。そしてこの時期のさやかちゃんは何より楽しそうに学んでいました。実際、珍回答で教室のウケも取って、うれしそうでした。

しかし、高校3年生の秋になると、さすがのさやかちゃんにも最大の挫折《ざせつ》期が訪れます。

本番半年前にして、模試の慶應《けいおう》大学合格判定が「E」——絶望的、という判定だったからです。

第四章

さやかちゃんを導いた心理学テクニックと教育メソッド

さて、いったいどうしたら1年で偏差値《へんさち》を急激に上げられるのでしょう？

さやかちゃんは、どんなメソッドに従って勉強をしていたのでしょう？

そもそもさやかちゃんはなぜ、ここまでやる気になったのでしょうか？

本章では、そうした僕《ぼく》なりのノウハウやテクニックについてご紹介していきましょう。

なお、暗記法などのテクニックに関して、より詳しくお知りになりたい方は、単行本版『学年ビリのギャルが1年で偏差値《へんさち》を40上げて慶應《けいおう》大学に現役合格した話』をご参照ください。

✎目標・計画の立て方・モチベーションの上げ方

さやかちゃんが塾《じゅく》に来たばかりの頃、僕《ぼく》はこんな話をしました。

「さやかちゃん、大学受験で大事なことが3つあるんだけど、何かわかる？」

「うーん。わっかんなーい。てか、わかってたらここ、来てなーい」

……彼女《かのじょ》は基本、タメ口なのです。けれど、あまりそこは気にならないのが不思議です。いつも「真剣に考えて」話そうとしているのが、よくわかるからかもしれません。たまに「アッ！　しまった！」という感じで敬語になるのですが、一生懸命《いっしょうけんめい》だからこそ許されるキャラなのでしょう。

「①メンタル、②目標、③計画——この3つなんだよね」

「ほー、ほー」

多分あまりわかっていません。でも、彼女《かのじょ》なりに理解しようとはしていました。

成長のためのその1～メンタル

僕《ぼく》はまず彼女《かのじょ》に、「メンタル」の話から始めました——

「あのさ、コロンブスのタマゴって知ってる？」

「知ってるよ！　なんか朝、食べるやつでしょ？　タマゴぐちゃぐちゃにして」

「それスクランブルエッグな。コロンブスのタマゴって、〝みんな、タマゴは立てられる？〟ってコロンブスが聞くわけ。で、みんなが〝無理〟って言ったら、コロンブスがタマゴの底をつぶして立てて見せる。要は、後からふり返ると〝かんたんじゃん〟って思うことだって、最初に思いつくこと、成し遂《と》げることは大変なんだ、って話なんだけど」

「へー、それがスクランブルなんとかの始まりなんだ？」

「違うわ！　でもさ、そもそもさ、タマゴってカラを割らなくても、微調整《びちょうせい》すれば立つんだよね。要は、タマゴは丸いから立たないと思い込んだり、カラを割らないと立たないと思い込んだりしてしまうのがいけない。これを先入観《せんにゅうかん》って言うんだけど」

「先入観《せんにゅうかん》って、わかんないけど、なんとなくわかる」

「それは後で辞書で調べような、また脱線《だっせん》するやつだから。で、ここからが大事なんだけど、タマゴが立たないって思い込んでたら、〝タマゴを立ててみろ〟って言われて、なかなか立たなかったとき、どうする？」

「あきらめるかな」

「そう。だからね、タマゴは立つってことを〝知っている〟ことってすごく大事なの。つまりね……」

「さやかは、自分が慶應《けいおう》に受かるって知ってるよ。たぶん、ああちゃんも。だって坪《つぼ》田《た》先生が知ってるんだから」

そう言ってエラそうにふんぞり返り、鼻をふくらませるさやかちゃんを見て、この子は機転はきくんだな、と僕《ぼく》にはわかりました。こういう子を伸ばせなければ、教育なんてやっている意味はありません。

自分が成功することを〝知っている〟こと。自分が天才だと〝知っている〟こと。根拠《こんきょ》なんていりません。そう〝知っている〟だけでいいんです。もし、そう思い込め

ないなら、

「言葉に出して、みんなに言いふらすといいよ」

と僕《ぼく》はさやかちゃんに助言しました（そして実際、素直にそうしたようです）。

たぶん、周りのみんなは「バカだ」とか「無理だ」とか「恥ずかしい」とか言うでしょう。だけど、なんと言われてもそれを「口にし続ける」ことで、自分自身がそう思い込み始めるのです。これが大切なんです。そこに、2、3人でいいんです、信頼できる人の肯定《こうてい》を加えられれば、知らぬ間に人は伸びていきます。これが成功のための第一歩なのです。

成長のためのその2～目標

次に目標の立て方です。「最近の子どもの8割には、夢自体がない」という方がいます。そこで、こんな聞き方をしてみましょう。

「君の目の前に、神様が現われたとする。そして、キラキラ光る銀色のプラチナチケットを渡してくれる。そこに、君のしたいことを書けば、①どんな大学でも学部でも必ず合格させてくれる、②その実力をつけてくれる、③環境も用意してくれる、とする。こんなすごいチケットをもらったら、君は何をしたい、と書く？」

すると、多くの「夢がない」「志望校がない」と言っていた子ども達が、いろいろな答えを出してくれるものです。

ちなみに、さやかちゃんはこう言っていました。

「私、慶應《けいおう》なら、どこでもいいや。で、もしも神様がならせてくれるんなら、ミス慶《けい》應《おう》になろうかな。で、アナウンサーになって、プロ野球選手と結婚してえ〜、でぇ、……」

とはいえ、それでも夢を思いつかない子はいます。たとえば、3日、4日かかっても、何もプラチナチケットに書くことを思いつけない子もいるのです。

そういう子は、心理学で言う「自己効力感」(self efficacy) が足りないと見なせます。

それで、あらゆることに対して「逆カラーバス効果」(何にも興味を抱けないので、それに関連する情報も頭に入ってこない効果) とも言うべき状態が起こっていると考えられるのです。

自分のしたことに達成感を覚えたことがなかったり、周囲にポジティブな影響を与えたと感じたことがなかったりすると、ヒトというのは、何かに興味を持つということ自体が難しくなるのです。

その場合、何か――具体的にはその子が最も苦手とする教科などの、行き詰まっている段階にまで立ち戻って、その問題を解けるようにしてあげて、「無理だと思っていた超絶《ちょうぜつ》苦手教科すら、クリアできるんだ」ということをまず体験させて、少しずつ「自己効力感」を持てるようにして行くことが先決となります。

そういう意味で、実は中学校での5教科の勉強は、体系化されているからこそ、立ち戻る場所、あるいは苦手になった場所が明確になりやすく、「自己効力感」を培《つちか》うのには最適とも言えるのです。活用しない手はありません。

ちなみに、そういう子（や大人）の状態を、心理学では「学習性無力感」(Learned helplessness) とも呼びます。なにをやってもダメ、という感覚に包まれた状態です。

ですので、具体的には、数学の問題とか、化学の難しい反応式などをまずホワイトボードなどに書いて、「これ、解けるかな？」と聞き、「絶対無理」と答えた問題を、その場でできるようにしてあげると、「おお！　すげー」となり、意識が変わっていくことになります。

つまり、ヘルプレス（助けようがない状態）じゃないんだよ、やり方次第なんだよ、ということを見せるところから始めるわけです。

なお、子どもに夢を書いて、と言っても書けない場合、単純に職業のことを知らないケースも多々あります。そういう場合は、自分の夢を語ったりして、「あ、それいいなぁ！」と思わせるか、あとは単純に「楽しそうに夢を語るこの人といたら、おもしろそうだな」と思ってもらうようにします。

すべては、そこからなのです。

「世の中、楽しいこともあるんだな」と思わせること。その上で、「勉強ができるようになったら、こんなおもしろい人にも会えるようになるんだよ！」などと、自分や他人の体験談等を話すと良いのです。

成長のためのその3〜計画

そうして目標ができたら、あとは計画です。

どれだけ無謀《むぼう》と言われることでも、目標から逆算して、それを達成させる計画を作るのが「プロ」の仕事です。

そこで大事なのは「敵を知り、己《おのれ》を知れば百戦危うからず」ということ。さやかちゃんで言えば、慶應《けいおう》大学のレベルや、求められていることを知り（敵を知り）、生徒の現状の学力を知る（己《おのれ》を知る）。これが大事でした。

そして、次に大事なのが、その子の「性格や性質、そして何より〝習慣〟」を把握《はあく》することです。それによって、計画が変わって来ますので。
①目標校が決まったら、早めに過去問（赤本）を購入します。そして「傾向」などをさらっと読みます（この段階では精査《せいさ》はせず、さらっと目を通すので良いのです）。
②超基礎《きそ》の問題集を1冊必ずやります（2週間～1カ月で）。
英語でしたら、中学レベルの総復習問題集。数学でしたら「白チャート」（数研出版）。これはもう短期勝負です。

みな、高い目標設定をすると、とかく、すぐに「難しいこと」をやろうとして失敗します。自分でもバカにするような平易な内容で、かつ薄い問題集からやることです。〝本当に〟それをバカにできるレベルなら、超短期で終わるはずです。これをサッサとやりきりましょう。ダメなら、さらにレベルを落とします。
③タイマーを使って学習する。
ざっと教材をながめ、かかりそうな時間を予測して、その予測時間×0.8をタイマー

でセットします。

長時間勉強したことをほめるのは無意味だと知りましょう。「テスト」も「社会に出てからの仕事」も、短い時間でこなすほうが、ほめられるものなのです。ですので、常にタイマーを使って時間のプレッシャーをかけて、本番と同じような意識で普段から勉強することです。

✎さやかちゃんががんばれた理由

25歳になった今のさやかちゃんは、こう語っています。

「スタートがすごく遅かったのは、知っていました。バカだと笑われていましたが、自分でも、自分は相当バカだとわかっていました。それで、坪田《つぼた》先生に言われたこと以上のことをやろうという意識になって——言われていないけど、もう1周やっておこうと思ったりして、寝る間を惜しんでやっていました。

アドレナリンが1年半出続けていたような状態でした——自分でも、なぜそうできたのか、今でも謎《なぞ》なんですが、ひとつには、浪人したら、ああちゃんがもうお金を出せないな、と思っていたことがあります。

あとはやはり坪田《つぼた》先生が、〝なんで僕《ぼく》が君に慶應《けいおう》、慶應《けいおう》って言うかわかるか。卒業したら、慶應《けいおう》のすごさがわかるよ。慶應《けいおう》の卒業生にはすごい人が多いから、素晴らしい人生の宝になるような人たちに出会えるよ〃などと日々、声をかけてくれたのが良かったのかもしれません。それを素直に受け止めていたんですね。このおもしろい先生が言うのなら、そうなのかな、と。

坪田《つぼた》先生が塾《じゅく》で歴史の話とか雑学とか心理学の話をするのを聞いて、頭がいい人たちって、しゃべってみるとおもしろいんだな、と初めて思ったんです。〝そんなふうに物事を捉《とら》えられるんだ？〃って。それまで、あんまり頭がいい人と話をしたことがなかったんで」

そうして、さやかちゃんは『新明解国語辞典』（三省堂《さんせいどう》）を引いて、「消しゴム」の項を読んで脱線《だっせん》したりしながらも、物事を調べていく楽しさを知って行ったのです。

「さやかちゃんの地頭が元々良かっただけでは？」「さやかちゃんに、それだけがんばれる素質があっただけでは？」という方もおられるでしょう。ですが、そういう子どもが学校で「人間のクズ」と呼ばれ、学年ビリになって放置されていたのが現実なのです。

これまで一三〇〇人以上の生徒の個別指導をしてきましたが――そして、現在、僕《ぼく》の経営する塾《じゅく》の生徒の約15パーセントは学年ビリ経験者なんですが――東大に行くような子も、学年ビリの子も、地頭の差など、たいしてないと感じています。

要は、遅れているか、いないかだけなのです。

どんな子でも、難関《なんかん》大学に合格できない地頭の子なんていない、と僕《ぼく》は長年の経験から信じています。

その子が、つまずいて、わからなくなったところに、戻《もど》ってやり直してもらう。高校2年でも、小4の知識で詰《つ》まっているなら、そこに戻ってもらう。

そしてワクワクするような大目標を掲げた上で、そこに至るまでの小さなステップを刻んで、ひとつひとつそれをこなすたびに、その成長を生徒と一緒に喜びあう――

それだけのことで、できない子が、できる子に変わっていくのです。

なので、僕《ぼく》はどの親御さんにも、「あなたのお子さんだって、素質はあります。埋《まい》没《ぼっ》しているだけなんです」と常に言っています。心理学に「ピグマリオン効果」という言葉があるのです。これは、教師や親が「本気で」期待した場合、子どもは無意識のうちにそれに応《こた》えるという効果のことです。僕《ぼく》は、これを親御さんや教師、そして部下を持つ管理職の方は知るべきだと思っています。

よく、「うちの子のやる気スイッチは、どこにあるのでしょう?」「先生、うちの子のやる気スイッチを押してください」と親御さんに言われます。

でも、基本的に、そんな都合のいいものはないのです。

一時《いっとき》、何かの本を読んでやる気になったとしても、続かない——そんなご経験が、親御さんご自身にも、おありではないでしょうか。

勉強だろうと、テニスなどのスポーツだろうと、釣《つ》りのような趣味《しゅみ》だろうと、やってみて、うまくやれないうちは、なかなかやる気が出ないものです。

小さな「できる」「できた」体験を積み重ね、次第に上達してくると、そこで初めて「もっとやりたい」「極《きわ》めたい」となって、その後で、やる気が出てくるのです。

ですので、とにかく子どもがワクワクする大目標の設定をしてあげて、そこに至るステップを小さく、小さく刻んで、「できる」体験を積み重ねさせる。そして、それを何カ月も、続けてもらう。親も焦《あせ》らないで、それを見守る。そして、小さな成長を一緒に喜ぶ。

そうして初めて、やる気が次第に出てくるものなのです。

さやかちゃんに課した基礎《きそ》固め

さやかちゃんの最初の夏期講習《かきこうしゅう》では、まずは英語と国語（現代文と古文）に絞《しぼ》って学習をスタートさせました。でも、それ以前に僕《ぼく》は、「まず、この子と仲良くなる」

ことを目標にしていました。勉強を教えるとか、指導するとか、そういうことではなくて、英語の勉強を題材として「一緒に遊ぶ」「彼女《かのじょ》の成長を一緒に喜ぶ」。これが僕《ぼく》の最初の課題だと思ったんです。

そして学習をスタートさせて、すぐに気づいたことがありました。それは、漢字の間違いが異常に多いということ。国語の問題であろうが英語の問題であろうが、とにかく「漢字が読めない&書けない」「ことわざや故事《こじ》成語《せいご》などを知らない」のです。

そこで僕《ぼく》はさやかちゃんに聞きました。

「さやかちゃんさ。最近、どんな本を読んだ？」

「さやかね、本読まないんだ。たぶん最後に読んだ本は、小学5年生の時に読んだ、青い鳥文庫の『いちご』って本だね。アトピーの子の話」

それ以来、高校2年の夏まで、本は読んでいないということか。

「マンガぐらい読むだろ？『バガボンド』とか知らない？」

「知ってる！アレレのレーの人でしょ」

「それ、レレレのレーな。しかもそれ、バカボンだし！」

こんな感じでしたので、通常の教科学習と並行して、読書に慣れることを同時に行ならべきだと僕《ぼく》は判断しました。

「よし、今後1年間で読むべき本を決めるよ」

「えー、読書はホント無理」

「月に1冊、全部で12冊を読もう」

「うー」

「最初の本のタイトルは……山田詠美《えいみ》の『ぼくは勉強ができない』」

「何そのタイトル（笑）！　ダメじゃん！　てかそれ、私のことじゃん！」

「この本は、勉強はできないけど、女の子にはモテる主人公の話なんだ。で、大人が〝こうあるべきだ〟って考えてる――たとえば勉強ができるほうが良い、みたいな価値観に対しても、本当にそうなの？　って目線で、主人公が大人に噛《か》みついていくっていう内容なんだ。で、本当に大事なことって、なんなんだろうね？　っていう本」

　これは僕《ぼく》自身が高校時代に、全国模試の現代文で読んで感動した本です。この本を読んで、僕《ぼく》は、やっぱり勉強より女子にモテることのほうが大事だよなと確信して、勉強するのをやめました。それで高校1年の終わりに赤点を9つ取って、留年しかけたことがあるんです。

「そんな本、さやかが読んだら、ますます勉強しなくなるよ。しかも、さやかの場合、男運ないからなー」

「まぁ、でも元々、勉強してないわけだからさ。この本を読んで楽しかったら、マイナスになることは絶対ないと思うよ。とりあえず1カ月かけて読もうか」

こんな感じでいろいろな分野の本を網羅《もうら》して行き、夏目漱石《そうせき》や太宰《だざい》治、芥川《あくたがわ》龍之介などの代表作も散りばめて読ませる計画を、僕《ぼく》は提示しました。


「夏目漱石《そうせき》は知ってる？」

「知ってるよ！　あれでしょ？」

「あれとは？」

「なんかお金のやつ」

「千円札な。代表作は？」

「ぽっちゃり、みたいな」

「たぶんそれ、『坊《ぼ》っちゃん』な」

「おしい！」

「おしくないわ！」

いっぽう芥川《あくたがわ》龍之介に関しては、

「誰がどう読んでも、ちゃがわ、でしょ！　この苗字《みようじ》」

って一人で力説してました。あと、さやかちゃんは名古屋人だけあって、

「絶対この人のお父さん、中日ドラゴンズファンだよ。だって、私の知り合いは、みんな名前に龍がついてたら、ドラゴンズファンだもん」

とか熱く主張していました。

こんな感じで、まずは月に1冊を目標にして読書を始めてもらいました。こういう時、「受験に読書が必要なんですか？」「参考書を読むべきじゃないですか？　遠回りじゃないですか？」などとごねる生徒もいますが、一度信じると決めた人の指示には素直に反応するのも、さやかちゃんの良さでした。

そうして10日に一度は進捗《しんちょく》を確認してみると、「結構おもしろい！」という感想が多くなってきました。さらには「いやー、読書って勉強になるわー」とか鼻をふくらませて言うことも。じゃあ、それだけでも塾《じゅく》に来た甲斐《かい》があったよね、という話をさやかちゃんとしたのでした。

✎さやかちゃんと日本の歴史

さて、さやかちゃんの指導で一番苦労したのが、「日本史」かもしれません。素質はあったのですが……「日本史」の話は、まずさやかちゃんで苦労した話から語り起こしていきましょう。

思い出すのは、日本史の教科書を学習していて、鎌倉《かまくら》時代まで来た時のことです。

「先生、あのさー、鎌倉《かまくら》ってどこ？」

それに僕《ぼく》が答える前に、彼女《かのじょ》は自分で言いました。

「あ、京都か」

この時も思いっきりコケそうになりました。「いざ鎌倉《かまくら》！」と言って、武士が京都に向かったら、日本の歴史が変わってしまいます。

次に、これはかなり学習が進み、話が江戸時代末期に入った時のことです。僕《ぼく》が、「江戸時代から明治時代になって、日本は近代化して行くわけだけど、そのきっかけとなった、黒船を率《ひき》いていた司令官の名前、わかるかな？」

と聞くと、やたら自信があったらしく、「はい、はい、ピローン、ピローン」とアメリカ横断ウルトラクイズの回答音を模写しながら、片方の手のひらを頭の上で倒したり起こしたりしながら手を挙げてきます。で、彼女《かのじょ》の答えは、

「テリー、テリー」（正解は、ペリー）

この頃になると、めっちゃかすってくるし、惜しい解答が増えてきていました。で、だまって話を聞いていると、

「でもさぁ、テリー、マジで超ムカツクんだけど。いちいち黒い船で来やがって」

とか言ってきます。どうも「いちいち〝黒い〟船で来た」ところに腹が立ったらしく。開国を無理矢理迫《せま》ったところではなく。

「いちいち黒い船で来るなんて、超目立ちたがり屋じゃん」

となんだか知りませんが、授業中に怒っていました。で、

「みんなそう思うから、ほら、教科書にも、ただ船で来た、と書かずに、黒船で来たって書かれてるでしょ？」と。

そこで、若き日の僕《ぼく》も「そういえばなんで〝黒〟船って、教科書でもここだけ色を明示しているんだろう」という疑問を初めて抱いたわけですが……とにかく日本史に関しては、他の教科にも増して、適当なことを言ってくるので、かなり苦労したのでした。


ちなみに、さやかちゃんがムカツク奴は、歴史上にいっぱいいました。

とりわけ歴史上で、「誰かが誰かを騙《だま》した」みたいな話を読むと、腹が立つようでした。すぐ歴史に入り込んで、その場に立ち会ってしまうクセがあったのです（そのこと自体は、前述のように、歴史を学ぶ姿勢としては、いいのですが）。

たとえば、田沼意次《おきつぐ》の賄賂《わいろ》政治（ちなみに、最近では、後世の政敵《せいてき》によるでっちあげではないかともされる）の後を受けた松平定信の質素《しっそ》倹約《けんやく》の政治を庶民《しょみん》がイヤが

って、田沼意次《おきつぐ》の政治を懐《なつ》かしんだ。それで、「白河の清きに魚も住みかねてもとの濁《にご》りの田沼恋しき」という落首が流行《はや》った、という記述を教科書で見かけた時は、

「田沼意次《おきつぐ》、マ・ジ・うざくね……松平定信が、こんないいことをしているのに、みんなイヤがってるのって、おかしくね？　おかしくね？」

とものすごい主張して来ていました。これも、だまって聞いていると、

「今の政治ってさ――いや、さやか、今の政治のことナンも知らんけどぉ――おかしいんでしょ？」

とか言って、何も知らないけど、今の政治が良くないみたいな漠然《ばくぜん》とした印象だけは持っていて、すごく怒ってくるわけです。

「松平定信にもう一回、やってもらうべき!!」とか言って。

　あとは、江戸幕府の大老・井伊直弼《いいなおすけ》らが、天皇の許可を得ずに日米修好通商条約に調印し、反対する者たちを弾圧《だんあつ》して〈安政《あんせい》の大獄《たいごく》〉、その結果、井伊直弼《いいなおすけ》が暗殺された〈桜田門外《さくらだもんがい》の変〉、というくだりを話した時も、

「そりゃ、殺されても仕方ないっしょ!!」

とか教室で一人で騒《さわ》いでいました。

「そんな奴、もっと暗殺されればいいんだ！」と。

かと思うと、「江戸幕府が大名の忠誠心《ちゅうせいしん》を問うために——忠誠心《ちゅうせいしん》ってわかるか？」「下ネタかよ！（どうやらチュウと精子を連想した模様）」となったり、「生類憐《しょうるいあわ》れみの令」がなかなか言えず、何度言わせても「しょうるいあまれるのめい」「しょうるいあらめりのめい」みたいになったりして、話がなかなか前に進まないことも多かったのです。

とにかく、日本史の理解の進みは遅く、だいぶ後になった頃でも、「〈大化の改新〉を説明せよ」と言われて「聖徳太子《しょうとくたいし》がかんでるな……で、確か、足利の義満《よしみつ》とケンカした。確か勝ったのは、聖徳太子《しょうとくたいし》が勝った」と主張し（実際は、中大兄皇子《なかのおおえのおうじ》と中臣鎌足《なかとみのかまたり》らが蘇我入鹿《そがのいるか》らを暗殺して行なった政治改革）、だいぶヤバい状況が続いていました。

偏差値《へんさち》30の子に効果的な日本史の学習法

とはいえ、正直、こういう「女の子」は実は多いのです。歴史に関しては、概《がい》して「男の子」のほうが強い傾向があります。

さて、さやかちゃんのような子にお勧《すす》めな日本史の学習方法は、ずばり、『学習まんが少年少女日本の歴史（23冊セット）』（小学館／1997年12月に出た改訂・増補版）を、ひたすら読むこと、になります（なお、さやかちゃんが使ったのは、小学3年生の時に買ってもらった、1980年代に出ていた『学研まんが 日本の歴史』シリーズですが、もはや古いので、それは今はお薦《すす》めしません。またその最新版もお薦《すす》めしません。内容が大幅に薄《うす》くなっているからです）。

結局、歴史は〝歴史に名を残すレベルの偉人《いじん》が出演する昼ドラ〟なのです。自分の息子の奥さんを寝取っちゃう元天皇のお坊さんとか、現代社会ではありえないようなことをする主人公がたくさんいて、月9のドラマとか、昼ドラや韓流《はんりゅう》ドラマが好きな子には、

「それの百倍おもしろいストーリーが満載なんだよ」

という説明をすると、必ず、

「へー」

となるものなのです。

さらには、『学習まんが少年少女日本の歴史（23冊セット）』を読みながら、

「自分がドラマの監督だったら、誰をこのキャラの配役にするか、考えてごらん」

と言って読ませると、時代背景や敵対関係、仲間関係なども把握《はあく》しやすくなり、さら

に読みやすくなるので、お勧《すす》めです。

さやかちゃんと日本の近代

　さやかちゃんの日本史の知識は、なかなか進展しませんでしたが、その後は『学研まんが 日本の歴史』効果でかなり得点を伸ばすようになります。しかし近代史に関しては、受験3カ月前でも、次のような状態でした。

〝福澤諭吉《ふくざわゆきち》〟を〝福沢輪吉〟と書いてきたさやかちゃんに僕はこう聞きました。


「今さらだけど念のため確認な？　福澤諭吉《ふくざわゆきち》ってどんな人？」

「えらい人！　あ、えらい人はエジソンか」

「君ね、エジソンってなにした人かわかってるの？」

「いや、だから、えらい人でしょ？　そんなの常識でしょ！」

「ちびまる子ちゃんの歌で得た知識かよ……で、福澤諭吉《ふくざわゆきち》は何を造《つく》った？」

「あー、ヤバいなー、さやか、それわかっちゃうなー」

「うん、早く答えて」

「ズバリ、電話を作ったでしょう！」

「違うわ！　丸尾くんのものまねもムダ！」

「あ、電話を作った人は、あれだ！　コール！」

「おしい！」

「リング！」

「おしい！　てか、英語の単語力が上がったのは認める。で……」

「福澤諭吉《ふくざわゆきち》は何を造《つく》った人かでしょ？」

「そうそう。でなに？」

「一万円！」

「……君が行きたいところだろうが！」（正解は、慶應義塾大学《けいおうぎじゅく》）

「わかった、焼き鳥屋!?」（すごく鼻をふくらませて）

「ぶっちゃけ、君だけは慶應《けいおう》に受からせちゃいけない気がしてきた……」

第五章

見えてきた高い壁
――「やっぱり慶應は無理なんじゃないかな」

✎あと半年の段階で、慶應《けいおう》合格の可能性は「E（絶望的）」

高2の夏に入塾《にゅうじゅく》して、週4回塾《じゅく》に通ってきていたさやかちゃんでしたが、冬期講習からは月曜から土曜まで毎日塾《じゅく》に来るようになります。そして、そのまま、塾《じゅく》の無制限コースに移行して、その生活を高校3年生からはずっと続けるようになりました。

僕《ぼく》は、なんでも素直に吸収《きゅうしゅう》するさやかちゃんを、「君の頭は、乾いたスポンジどころか、からっからのスポンジだな（笑）！」とよくほめたものでした（ちなみに最初にそう言った時、さやかちゃんが浮かない顔をしているので、「どうした？」と聞くと、「だって、頭がスポンジって、闘牛病《とうぎゅう》ってことでしょ……」。それを言うなら狂牛《きょうぎゅう》病だろ！）。

そうして僕《ぼく》の指導を受けるようになって1年。高校3年の8月の頭には、あるセンター型の模擬《もぎ》試験を受けてもらいました。さやかちゃんのやる気のためにも、ここでは結果が欲しいところです。

そこで、僕《ぼく》は、その試験の2週間前から、「マーク式模試の解き方」のレクチャーをしました。具体的には、

①時間制限があるから、得点が高い大問から処理をしていくこと

②ケアレスミスを防ぐために消去法で選択肢《せんたくし》を消していくこと
③設問の根拠《こんきょ》には線を引いて、そこは精読をすること
④3分考えてわからなければ、その問題は飛ばすこと

などを指示しました。

そして、試験会場に行くまでと、試験が始まってからの流れを、明確にイメージさせることもしました。

「朝7時に目覚ましが鳴る、でも君はまだ眠くて、あと10分……とか思いつつ、イヤでも、起きなきゃと思って上半身だけを起こす。右足からベッドの外に出ようとするんだけど……」

こんな感じで、かなり細かく、試験を始めるまでのことをイメージさせたのです。

結果、その試験が終わった後、さやかちゃんは、「けっこうカンタンだった！」と喜んでいました。試験前にトイレに行きたくなるかも、などいろいろトラブルも含めてイメージしていたので、現実はそれよりはるかにスムーズにいって、リラックスして試験に臨《のぞ》めたということでした。

ただ実際は、この段階で「模試で戦える」のは、まだ英語と現代文ぐらいのもので

した。あとはまだまだ基礎《きそ》の基礎《きそ》を学んでいる状態でした。ですが、途中《とちゅう》のプロセスのイメージを具体的に、しかも少し負荷がかかった状態でさせていたため、それよりも楽だったら「うまくいった」と思えるものなのです。

僕《ぼく》は結果を楽しみにしつつ、彼女《かのじょ》が持ち帰った問題と彼女《かのじょ》の解答を見て、思った以上に取れているかもしれない、と思いました。しかし特にそれには触れず、模擬《もぎ》試験をもう一度、一から解き直してもらいました。

約1ヵ月後に、模試の結果が出ました。

英語に関しては、予想以上にできていて、本人も大喜び。

しかし、日本史と国語に関しては、まだまだでした。

着実に、教養は身についてきています。読書数も増えてきて、もう「蟹工船《かにこうせん》」の読書感想文すら書いていました。その中に「プロレタリア文学」という言葉が出てきて、僕《ぼく》はいささか感動した覚えがあります。

しかし、僕《ぼく》らが目指しているのは、「私大の雄　慶應義塾《けいおうぎじゅく》大学」です。その程度では、まだまだ目的地は遠いのです。

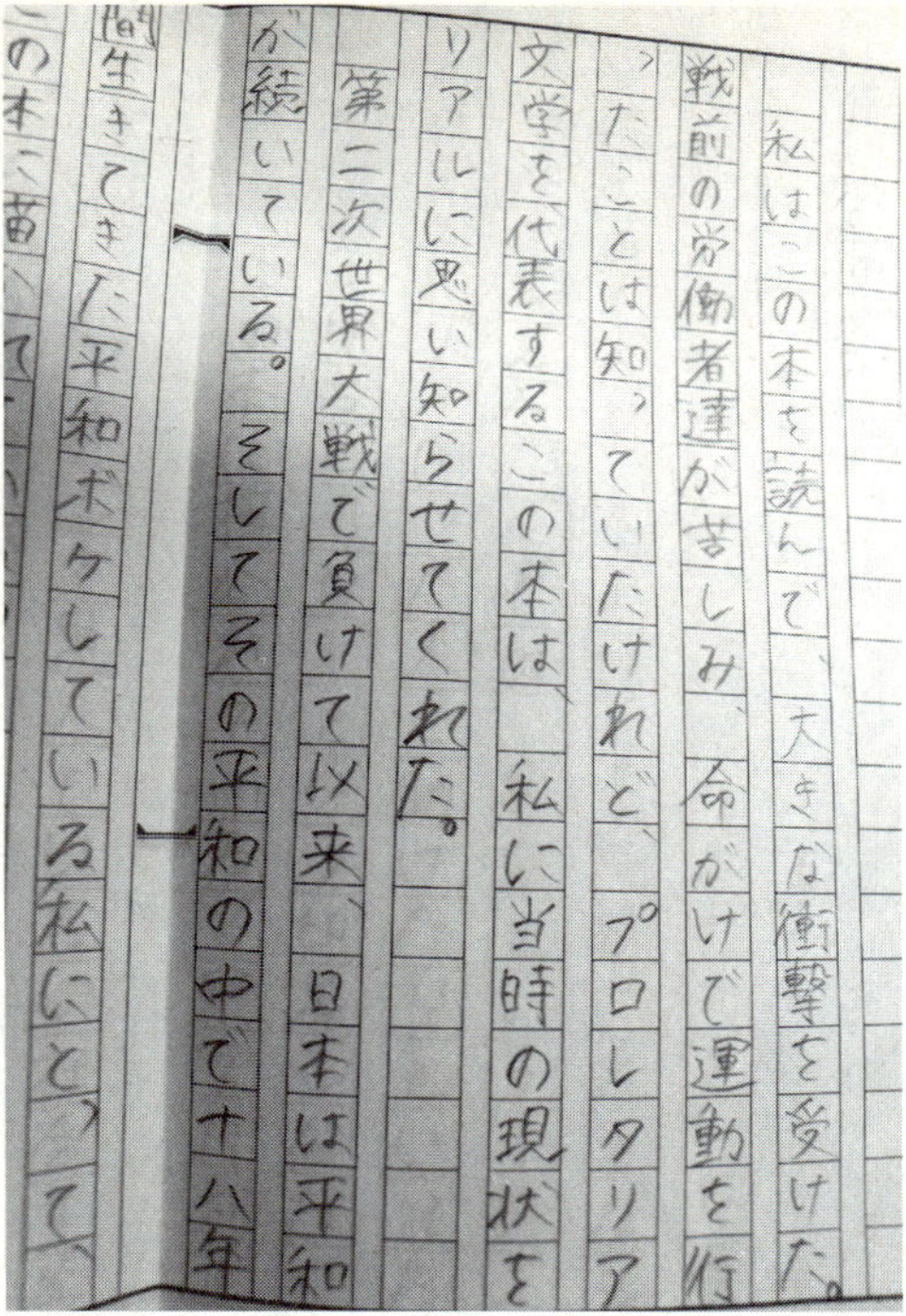
私はこの本を読んで、大きな衝撃を受けた。戦前の労働者達が苦しみ、命がけで運動を行ったことは知っていたけれど、プロレタリア文学を代表するこの本は、私に当時の現状をリアルに思い知らせてくれた。
第二次世界大戦で負けて以来、日本は平和が続いている。そしてその平和の中で十八年間生きてきた平和ボケしている私にとって、

そこで、僕《ぼく》はさやかちゃんに「(学校の先生には本当に申し訳ないけれど) 学校の

勉強は、みんなのための授業。だから、君は君に即した勉強をするしかないね」と言わざるをえませんでした。

それがその後、後述のように、ああちゃんが学校に呼び出される事態につながるのですが……ああちゃん、そして学校の先生方、本当にごめんなさい！

しかし、その結果、彼女《かのじょ》は少しずつ実力を増していき、結果も出始めることとなります。

なんと、9月の頭に受けた第2回全統記述模試では、英語が偏差値《へんさち》70を超えてきました。学年でも187人中13番の成績です！　特に英語に力を入れて強化してきた成果でした。

ついに学年ビリだったギャルが、1年で偏差値《へんさち》を40も上げてきたのか、と感慨《かんがい》深い思いもしました。ここまで来たんだな、と。

しかし、それでもやはり慶應《けいおう》は厳しい。この時点での、慶應《けいおう》大学の合格判定は「E」（絶望的）――

この辺りから、僕《ぼく》自身も、だんだん、彼女《かのじょ》に対して厳しく指導するようになっていきます。もう信頼関係はできていました。あとはムチを打つべし。

「別に慶應《けいおう》じゃなくても、いいんじゃない?」

ですが、この受験を半年前にしての「E」判定は、さやかちゃんには相当こたえたようでした。肉体的にもそろそろ限界に近かったのでしょう。

この1年で、誰よりも勉強している自信があったのに。睡眠《すいみん》時間も限界まで削《けず》り、メンタルも限界に近かったのに。なのに、結果は「E＝絶望的」。

「難しすぎでしょ、慶應《けいおう》。無理じゃん、こんだけやってんのに。もうこれ以上は、無理だし」

「私、そもそもなんで慶應《けいおう》に行きたいんだろ? 明治とかでも十分なんじゃゃ……」

そしてついに彼女《かのじょ》は、僕《ぼく》に、死んだような目を向け、ボソっと言いました。

「やっぱり私、慶應《けいおう》は無理だと思う」

その表情を見て、僕《ぼく》は「本気だな」と感じました。これまでも、「甘えた」表情で、もう疲《つか》れたという意味で「もう無理」という交渉をしてくることはありました。ですが、この時の彼女《かのじょ》の表情は、本気であきらめる寸前だ、と僕《ぼく》は悟ったのです。そこで、僕《ぼく》はあえて、

「じゃあ、やめれば? そんなんじゃ無理だよ、絶対」

とつき放しました。「あえて怒ってみせているな」とはさやかちゃんにもわかっていたそうですが、「いつも笑って、ほめてくれる先生に、初めて、本気のトーンで怒ら

れたので、ヤベーと、めちゃくちゃ凹《へこ》んだ」そうです。

そんな中、日本史がまったくできないさやかちゃんに、僕《ぼく》は、「君のレベルだったら、もうマンガを読むしかないよ。小学館か学研の学習歴史マンガを全巻読みなさい。もう時間がないから、それしかない」とこの時、ついに伝えたわけです。これがまた、「今さらマンガを読め、なんて。そんなんで慶應《けいおう》に受かるか？」という疑念を生み、さやかちゃんは「坪田《つぼた》先生に、見放された」と本気で思ったそうです。


この頃、さやかちゃんは、実は着実に成長していました。ですが、慶應《けいおう》という目標設定があまりに高すぎたのです。あと半年足らずで受験という時にE判定、というのは、絶対無理と言われているようなもので、キツかったと思います。

ジャンプ力は確実に上がっているんです。ですが、ふと見上げると、目の前に10メートルの壁《かべ》があって、これは到底《とうてい》無理……という感覚だったのでしょう。

そんな時は、ただ楽しいだけでは、やはり乗り切れないのです。僕《ぼく》でも、そんな時だけは、お尻《しり》をたたくのです。


ちょうどその頃、つまり秋口というのは、周りは文化祭で楽しそうな時期なのです。

受験生には時間が惜しい時期ですが、学校は文化祭の季節となっています。

さやかちゃんの場合は、周りの友達がかばってくれて、代わりの働きをしてくれたそうです。こうしたAクラスのみんなのサポートが、さやかちゃんの成功にはいつも欠かせなかったと言います。仲間に悪いな、という罪悪感もあって（その分、差し入れはたくさんしたそうですが）、それだけ周囲に応援してもらっても、慶應《けいおう》の合格判定はE、というのが、ひどく虚《むな》しさを増大させたんですね。

それで、「明治大学のほうはC判定（合格可能性あり）だったので、明治なら行けるんじゃないかな、と思いました。なんで慶應《けいおう》じゃないといけないのかな、と思い始めたんです」

僕《ぼく》は、よく塾生《じゅくせい》やその親御さんに、「早稲田《わせだ》、慶應《けいおう》、上智《じょうち》、東大、医学部ですと、合格確率はそれぞれどれぐらいですか」と聞かれます。

それに対して僕《ぼく》は、「正直、そのレベルまで行くと、どんなに勉強しても、全部五分五分ですよ」としか答えません。

だったら、なんでこの時点で、さやかちゃんは目標を慶應《けいおう》から明治に下げる必要があるのでしょうか。

まだ、やってもいない状態で！

模試の結果だけを見て、目標を下げる必要があるのか？

それが僕《ぼく》の考えでした。**途中《とちゅう》で目標を下げると、人間、どんどん低いほうへ低いほうへ流れていくものなのです。**ここで目標を下げたら、さやかちゃんは結局、明治にも受からなくなるでしょう。それは、もったいないな、と思いました。だから僕《ぼく》はこう言ったのです。

「じゃ、他大学でもいいんじゃない？　でも僕《ぼく》は、慶應《けいおう》じゃなきゃ、君が目指す意味は無いと思うけどね！」

✏もうダメだと泣いていた夜の出来事

僕《ぼく》は常々、さやかちゃんに次のように言って、慶應《けいおう》じゃないとダメだというイメージを与えてきました。

「君が本当に慶應《けいおう》に行ったら、本や映画になるレベルだよ。それぐらいドラマチックだと思う。それにさやかちゃんのルックスは、慶應《けいおう》っぽいよ。明治より、東大より、慶應《けいおう》って感じだよ」

しかし、それで張り切ってきたさやかちゃんも、ついにここへ来て「もうダメだ」

と本気で思っていました。

それで塾《じゅく》から帰ると、ベッドにつっぷして、「もう（慶應《けいおう》）行けない」と言って、わんわん泣いていたそうです。

それを見たああちゃんは、

「もうやめればいいじゃない。そんなにツライんだったら、さやちゃん、もうやめよう。でも、ここまでよくがんばったねえ！」

と声をかけたと言います。

「やめても負けじゃないよ。だってさやちゃんなら、また慶應《けいおう》に等しい何かを見つけられると思うし、その力も、坪田《つぼた》先生に十分もらったよ」と。

あんなに苦労してお金をかき集めて払って、あんなに応援してくれていたのに、さやかちゃんがちょっと「ツライ」と言ったら「もうやめちゃいなよ」と素直に言ってくれる、ああちゃん。

それを聞いて、さやかちゃんは一瞬《いっしゅん》、「ん？　やめるかな？」と素直に自問したらしいのですが、すぐに「いや、やめないな」と思い直したそうです。

ああちゃんが、策略《さくりゃく》や駆《か》け引き抜きで、素直に「そんなにツライなら、やめなよ」と心から本気で言ってくれているとわかったからです。

「さやちゃんの幸せのために、と思って応援してきたんだから、そんなにツラくて幸せじゃないなら、もうやめなよ」と言えるああちゃんを、ちょっとスゴいな、と思ったと言います。

それで、さやかちゃんは「こんな、ああちゃんのためにがんばろう。それに本当にがんばって慶應《けいおう》に受かったら、坪田《つぼた》先生の言うように、幸せになれるはずだ」と思い直します。

「ここであきらめたら、坪田《つぼた》先生にも顔向けできないし、がんばって、この二人だけでも喜ばそうと思った」そうです。

それで、むくっと起き上がって、さやかちゃんはああちゃんに言いました。

「ああちゃん、あたしと明日、東京に行ってくれる？」

それは僕《ぼく》が、「慶應《けいおう》をあきらめるにしろ、一度は目指した大学なんだから、1日休んで大学を見てきたら？」と言ったのを受けてのことでした。

ああちゃんは快諾《かいだく》します。

それで、さやかちゃんは、いったん寝ようかと思いますが、眠れず、むっくり起き上がって、「ここですねたら終わりだ、ここで寝たら時間がムダになる」と思い直し、いつもどおり、朝方まで予習復習をして過ごすことになります。

この時、さやかちゃんは家で、「坪田《つぼた》先生が、けっこう冷たいんだよね」とああちゃんに嘆《なげ》いてもいたそうです。

「日本史は、もうマンガを読むだけでいいなんてさ」

「でも、やってみたら？」と、ああちゃん。

「うん」

結果的に、その後、さやかちゃんが『学研まんが 日本の歴史』を全巻読破してしまったことが、前述したとおり、さやかちゃんの日本史の成績を急伸させることになるのです。やっぱり歴史は、暗記ではなく、ドラマやマンガで覚えるのが一番なんです。

雨の中、ああちゃんと見に行った慶應《けいおう》大学

翌日、ああちゃんは名古屋から車を運転し、雨のそぼ降る11月の、暗く、はだ寒い中、さやかちゃんを連れて東京都内に向かいます。そして、二人で、慶應義塾《けいおうぎじゅく》大学の2つのキャンパスをめぐったそうです。

さやかちゃんは依然、完全に落ち込んでいたので、行きの車中では、二人ともずっと無言で、ただワイパーの音だけがしていたと言います。

それで、慶應《けいおう》大学の日吉と三田のキャンパスに行き、中をくまなく、二人でめぐったそうです。

その時のさやかちゃんは、すっぴんにジャージ姿。髪型《かみ》は、茶髪《ちゃぱつ》の根元から黒髪《くろかみ》が伸びて来た、いわゆるプリン状態でした。その日は、寒くて、暗くて、雨が降っていて、さやかちゃんは死にそうな顔をしていたそうです。

ああちゃんは、「校舎を見ただけで、どうなるものだろう」と思っていましたが、慶應《けいおう》大学前で記念写真を撮影《さつえい》したりして、帰って来ます。

さやかちゃんがあまりに暗かったので、日吉と三田のキャンパスへ行く合間に、気分転換になればと、ああちゃんは明治大学にも車を回しました。そして、そこを二人で見回りながら、ああちゃんは、少し気分を盛り上げようと、

「明治でもいいじゃない。山P（タレントの山下智久さん）とも1年間、キャンパスが同じになるから、山Pに会えるかもしれないよ」

と言ったそうです。

でも、名古屋への帰り道の車中で、さやかちゃんは、

「やっぱ、慶應《けいおう》がいいな」「私、やっぱ慶應《けいおう》に行きたい」

と言いました。

そしてその後、猛然《もうぜん》とまた勉強をし始めました。

ああちゃんは、「坪田《つぼた》先生が、魔法をかけた」と思ったそうです。

僕《ぼく》にしてみれば、アドバイスしてはみたものの、翌日にはちゃんと一緒に慶應《けいおう》大学に娘を連れていくああちゃんの姿勢に、頭が下がりました。どんな事があっても、何を言われても、さやかちゃんとああちゃんは僕《ぼく》の言葉に素直に反応してくれたのです。

「あの時は、そこしか、頼るものが、二人にはなかったんです」

とああちゃんは言っています。でも、今思えば、こういう「母の行動」がさやかちゃんの自己効力感を高めていったのでしょう。

とにかく、この体験を経て、さやかちゃんの「あそこに通うんだ」という腹が決まったようでした。そして、今まで以上に、がんばるようになったのです。

「寝たいとは常々思っていた」そうです。でも、「合格したら思いっきり寝てやろう」と思っていました。アドレナリンがずっと出ていたのか、1秒でも惜しくて、家と塾《じゅく》では眠くはならなかったそうです。

妹のまーちゃんは、当時をふり返ってこう語っています。

「あの頃の顔は、いつものお姉ちゃんの顔じゃありませんでした。顔つきが、〝無〟でした。〝まーちゃんさあ、今から小論文やるから、うるさいから出てって〟〝ご飯、ああ……〟みたいな感じで、感情表現がない顔つきで、何かが乗り移ったかのようでした」

✎「山登りって、どうやって登るか、わかる?」

とはいえ、この頃、さやかちゃんのストレスは最高レベルに達していました。E判定に追い詰められ、睡眠《すいみん》時間はなく、焦《あせ》りが募《つの》っていたのです。

台所へ来て、「ああちゃん、割っていいお皿、無い?」と言ってきたのがこの頃です。実は、ああちゃんがストレスでたまらなくなった時に、皿を割っているのを、昔からこっそり見ていたのだとか。それで、ああちゃんは、「布袋《ぬのぶくろ》に入れて割ってねと言って、割ってもいいお皿を渡したと言います。

2階の部屋で一人でどたばたする音が聞こえたのもこの頃だそうです。

「ああちゃんに愚痴《ぐち》ると、〝もうやめようよ〟と言われるのがわかっていたので」一人でじたばたしてストレスを発散していたのです。

これも、「ストレスがたまって、どうしようもない時は、マクラを投げたりして暴れて、ストレスを発散しろ」という僕《ぼく》の言葉に素直に反応した結果でした。

そして僕《ぼく》はある時、こんな助言もしました。

「時間があったら、本当は山登りとか、したらいいんだけどね」

帰宅したさやかちゃんが「なんでだろう」とああちゃんに聞くので、ああちゃんは、こう答えたと言います。

「さやちゃん。山登りって、どうやって登るか、わかる？」

「山のてっぺんを見て歩く」

「さやちゃん、それじゃすぐガケから落ちて、死んじゃうよ……

あのね、山登りでは、ずうっと足元を見て歩かなきゃいけないんだよね。たまに、頂上を見て、あそこまでたどり着いたら、どんな風景が見えるだろうな～、って思いながら、また目を足元に戻して、また一歩、また一歩って歩んで行くんだよね。

足元しか見えないと、つらくて、悲しくって、つらくて、つらくて、しょうがないんだけど、そうして登っていくと、いつの間にか、思いがけず高いところまで登っていて、すごい風景が見えたりするんだよね。

だから坪田《つぼた》先生は、山登りをするといいって言ったんじゃないかな。

今は頂上ははるか先で、あんなとこ、行けないよ！　って思うけど、でも山登りって、一歩一歩しか進めないんだよね。

さやちゃんが今、足元に目を移して一歩一歩登って行かないといけない時期だから、先生はそう言ったんだよ」

さやかちゃんは「そっかあ」と言って、ベランダから屋根に登りました。そして、一人で月を見ながら、「みんな、今、つらいんだよね、でもみんな一歩、一歩しか進めないんだよね」ということちゃんの言葉について考えていたそうです。

パパの変化

パパは、その頃は、さやかちゃんには関わらないようにしていたそうです。さやかちゃんのことは、ああちゃんに完全に任せていました。

実は、パパにとっても、慶應《けいおう》大学は若き日の憧《あこが》れの大学でした。相撲《すもう》なら慶應《けいおう》の推《すい》薦《せん》入学で入れるかもしれない、と聞くと、経験したこともない相撲《すもう》を始めようかと迷ったことすらあったそうです。

それが、「まさか自分のバカ娘が、慶應《けいおう》を目指すと言いだすなんて」、特に高校2年の夏までの成績を見たら、夢にも思っていませんでした。

最初は、塾《じゅく》にそそのかされた妻と娘の言い分を、ばかばかしいと思っていました。それで、「早稲田《わせだ》か慶應《けいおう》に受かったなら、学費は出してやる。だけどそこらの女子大とかだったら、学費は支援しない」と言っていたそうです。

でもこの頃になると、ストレスでいっぱいになっているさやかちゃんを遠くから見ながら、内心では「オレが不要なプレッシャーをかけてしまったかな」と少し反省していたのです。

とはいえ、家の中はこの時期、かなりきしんでいました。さやかちゃんが2階で勉強していると、階下から、パパが、ああちゃんや長男に怒鳴《どな》る声が、しばしば聞こえてきたそうです。さやかちゃんはそれがイヤで、イヤで、耳栓《みみせん》をして勉強していました。「もう時間もないのに、と思って。だから下に〝外でやって！〟と文句を言いに行ったこともあります」

実は僕《ぼく》は、この頃の家庭の内情をさやかちゃんによく聞いていました（基本、勉強が終わってから聞くのですが、グチを言いながらも勉強の手を動かし続けられるのが、さやかちゃんのすごいところでした。普通はグチを言っている間は手が止まるものですが）。

受験勉強どころではない家庭内紛争《ふんそう》の話を聞かされ、それで悩むことは、実は、さやかちゃんの家族に限らず、よくあることなのです。たいていは、「なんでそう、親《お》御《ご》さんも余計な一言を言うかね」などと思いながら、各生徒の家庭の悩みを聞いているわけです。

基本的に、僕《ぼく》は今も昔も、生徒に勉強の仕方を教えて、家で予習復習させ、それを塾《じゅく》の場でテストして確認する、という指導法を採用していますが、その流れの中に、家庭の事情の愚痴《ぐち》を聞く、生徒の心のケアをする時間も設定しています。そうしないと、そもそも勉強どころではないケースが多いからです（そういう意味では、さやかちゃんの家庭が特殊《とくしゅ》なわけではありません）。

とはいえ、塾《じゅく》の場で、家庭の話をえんえん聞いているわけにもいきません。そこで、それまでの僕《ぼく》は、生徒のテストの採点をし終わってから、生徒を呼んで、そうした話を聞いていましたが、さやかちゃんの家庭の話を聞くようになったあたりから、僕《ぼく》は、採点をしながら生徒の家庭の悩みを聞く技を覚えました。逆に言うと、生徒の家庭の話は、採点中しか聞かなくなりました。そこを切り替えのタイミングにしたら、いろいろうまくいきだしたのです。

今の僕《ぼく》の塾《じゅく》にいる多くの講師も、実はそこで悩みます。ですので、僕《ぼく》は、採点しながら家庭の悩みを聞く指導を、部下の講師たちにしています。

有効だったストレス解消法

この時期のさやかちゃんに、僕《ぼく》はムチを入れながらも、もうひとつのストレス解消法を教えました。

それは、「日記を書くこと」です。

今のままだと、さやかちゃんはストレスに押しつぶされてしまう。しかし、あまりに愚痴《ぐち》を言うと、周囲の人との関係が悪くなってしまう。

そこで僕《ぼく》が提案したのが「日記を書くこと」なのでした。

また、どうしても周囲の人とぎくしゃくするようなら、その人の良いところを10個書くように、とアドバイスしたのもこの頃のことです。

それで、さやかちゃんはすぐに日記をつけ始めます。

『今日から日記をかくことにします。（中略）坪田先生が、そういうときは自分の思いを字にあらわしてみなさい、そうすればスッキリするよ！　って言ってたから、そうします。』という文章で、スタートする日記。

ここから毎日、彼女《かのじょ》のさまざまな想いがつづられていきます。友人関係、元カレとの関係、受験に対するつらさ――あらゆることを、ありのままに。とにかく、さやかちゃんは、何かを信じようとしたら、それを本気で信じられる性格だったのです。

この時期の日記では、いろいろツライとか、怖いとか、イヤだとか、弱音がたくさん吐《は》かれています。ですが、最後は必ず、前向きな言葉でしめていました。

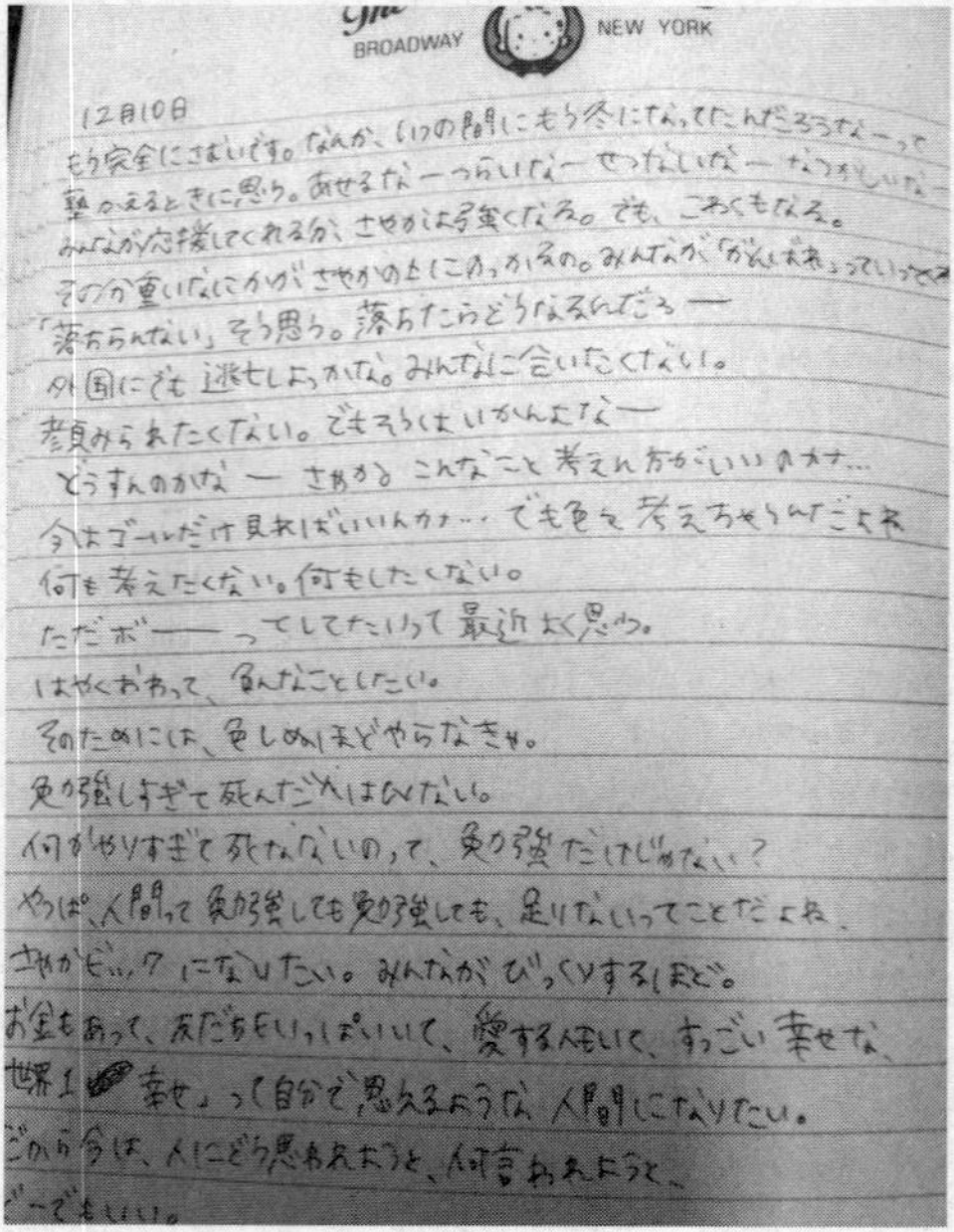
BROADWAY NEW YORK

12月10日
もう完全にさむいです。なんか、いつの間にもう冬になってたんだろうなーって
塾かえるときに思う。あせるなー つらいなー せつないなー なつかしいなー
みんなが応援してくれる分、さやかは強くなる。でも、こわくもなる。
その分重いなにかが、さやかの上にのっかかるの。みんなが「がんばれ」っていってる
「落ちられない」そう思う。落ちたらどうなるんだろ―
外国にでも逃亡しようかな。みんなに会いたくない。
顔みられたくない。でもそうはいかんよなー
どうすんのかなー さやかよ こんなこと考えない方がいいのカナ…
今はゴールだけ見ればいいんカナ… でも色々考えちゃうんだよね
何も考えたくない。何もしたくない。
ただボーーーってしてたいって最近よく思う。
はやくおわって、色んなことしたい。
そのためには、今しぬほどやらなきゃ。
勉強しすぎて死んだ人はいない。
何かやりすぎて死なないのって、勉強だけじゃない？
やっぱ、人間って勉強しても勉強しても、足りないってことだよね。
さやかビッグになりたい。みんながびっくりするほど。
お金もあって、友だちもいっぱいいて、愛する人もいて、すごい幸せな、
世界1 幸せ」って自分で思えるような人間になりたい。
だから今は、人にどう思われようと、何言われようと、
どーでもいい。

ただどうしても不安感と不満感は否めず、そして学校ではひたすら眠くなり……、この時期、学校の授業中に本格的に爆睡《ばくすい》をし出したため、学校の先生との関係は最悪になってしまいます。

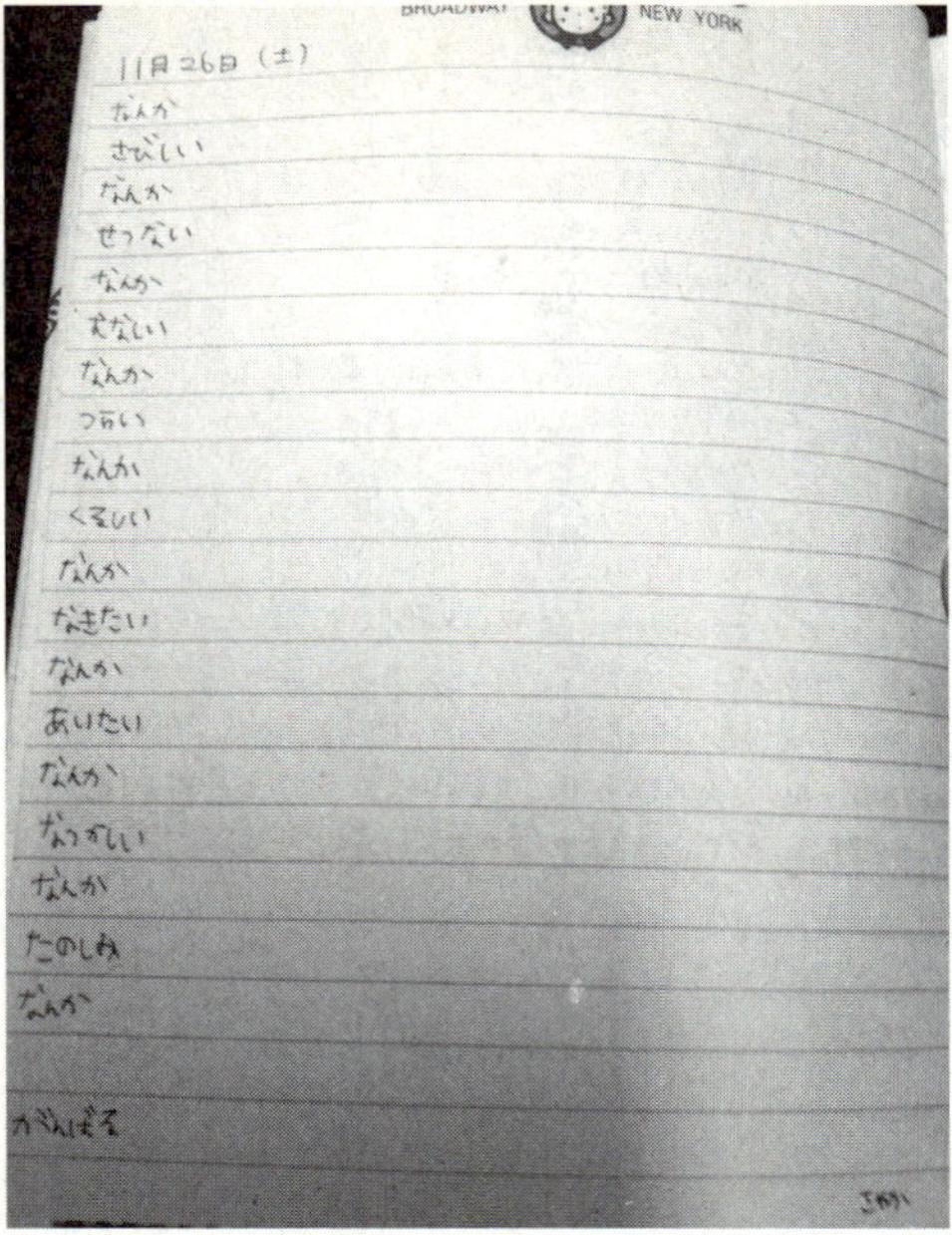

さやかちゃんは、高校Xの中でも、外部進学コースではなく、エスカレーター式に大学Xに上がる内部進学コースにいました。ですので、先生方からすれば、余計に苦々しい思いだったのではないでしょうか。

中高大一貫の学校側からしてみれば、お客さんが外に逃げることになります。それで、生徒に対し、「エスカレーター式に上に行くのが当然」という価値観を植えつけようとする学校だって少なくないのです。

ですので、学校側としてみれば、内部進学コースのさやかちゃんが外部進学を目指してガンガン勉強してしまったら、他の子にも影響を及ぼす可能性があるわけで、なおさら、さやかちゃんが腹立たしい存在に見えたのかもしれません。

「あの子には、学校しか、寝る場所がないんです」

そうこうするうちに、ああちゃんは、学校に呼び出されます。

学校の先生はその時、ああちゃんに、こう苦言を呈《てい》したそうです。

「お宅の娘さんは相変わらず授業をまったく聞かず、熟睡《じゅくすい》しています。どうなっているんですか」

それに対し、ああちゃんはこう答えます。

「先生。さやかは、本気なんです。どうか許してもらえないでしょうか？」

「お母さん、何を言ってるんですか。授業中に起きているのは当たり前のことです」

「先生。ご存じだと思いますが、さやかは今、目標を見つけて、必死なんです」

「ええ、知ってますよ。慶應《けいおう》でしょう（笑）。そういうバカげたことをいまだに言い張っていますが、到底《とうてい》、行けるわけがありません」

「ええ、でも、みなさんが絶対に無理だと思っていることを、さやかは成し遂《と》げようとしているんです。ですから、塾《じゅく》でも何時間も勉強し、家でも朝までずっと寝ずに勉強しています。だったら、あの子は、いつ寝ればいいんですか？

あの子には、学校しか、寝る場所がないんです。先生は、さやかを慶應《けいおう》に導こうとしてくださっていない。無理だと言って、笑っておられる。でも、塾《じゅく》の先生は〝行ける〟とおっしゃる。だったら、さやかにとって信じるべきは塾《じゅく》の先生じゃないですか。

学校の授業はさやかには意味がないんです。大学Xへの推薦《すいせん》は要りません、ですので、どうか寝かせておいてください。無茶はわかっていますが、今だけ、あと何日かだけでも、見逃してやっていただけませんか」

おっとりはしているが、芯《しん》の強さを感じさせるああちゃんのもの言いに、先生側は、「いや、そう言われましても、集団生活のルールというものがありますから」と抗弁《こうべん》し続けたそうです。

でも、ああちゃんは粘《ねば》りに粘《ねば》って、3時間が経過します。

「さやかは慶應《けいおう》に行く子なんです。寝かせてください」

ついには先生が折れて、

「仕方ないですね。なんとか目立たないように寝るということで」

と、許してくれたということです。

さやかちゃんは、

「きっと担任《たんにん》の先生には、モンスターペアレントに見えたでしょうね」

と言い、この時はパパもさすがに、

「お前、むちゃくちゃ言うなあ。先生がウンと言えるわけないだろう」

とああちゃんに呆《あき》れていたそうですが、さやかちゃんは、

「こんなことを言えるのは、うちのお母《ああ》さん《ちゃん》ぐらいだな」

と感心もしていたと言います。

ああちゃんにしてみれば、

「ここでひるんで負けたら、さやかの寝る時間が無くなり、慶應《けいおう》に受かる前に倒《たお》れてしまう」

と思って、必死でがんばったのだそうです。

そして、実際、（学校の先生には本当に申しわけないですが）そうだったろうと僕《ぼく》

も思っています。

普通のお母さんなら、学校の先生から「無理」と言われれば、恥ずかしくて、そこから反論するなんてことはありえません。学校の先生の「指導」をくつがえそうなんて、しないはずなんです。

でも、ああちゃんは、自分の子ども時代の体験から、世間で言う良識《りょうしき》は、人の幸福とは関係がない、と信じていました。

だから、ああちゃんは、学校の先生の言うことをちゃんと聞く「いい子を育てる」ことではなく、「娘のワクワクを実現するための教育」を選ぼうとしたのでしょう。

そしてそれはけっして、「集団行動を乱す、自己中心的な行動」ではなかったと僕《ぼく》は思います。

クラスの友達みんなが、さやかちゃんの努力を認め、誰もが彼女《かのじょ》に合格してほしいと願い、応援してくれていたのが、その何よりの証明だと思うからです。

✎「本当に、慶應《けいおう》に行きたい」

その翌日から、さやかちゃんは、「これはありがたいことになった、と思って」、アメ玉の形のマクラを持って学校に行くようになります。授業中はそのマクラにタオルをしいて寝ていました。

そして、たまに起きて授業の内容を聞くと、「あ、まだそこをやっているのか」と思って聞くのをやめたそうです。きっとその時には、鼻もふくらませていたのでしょう（笑）。生意気《なまいき》ですが、実際その頃になると、さやかちゃんの学力は、Ａクラスの学習範囲をはるかに超えていたのです。

授業中は、寝るか、マンガを読むか（ただし、読んでいたのは僕《ぼく》の課した『学研まんが 日本の歴史』）でしたが、担任《たんにん》の先生は以後は、見て見ぬふりをしてくれたと言います。

とはいえ、教科によっては怒ってくる先生はいました。そんな時は、クラスの友人達が、「ごめん、先生。さやか、がんばっているから寝かせてあげて」と守ってくれたそうです。さやかちゃんがふと目を覚ますと、さやかちゃんの周囲を友達が取り囲んで、先生から守ってくれていることもしばしばあったのです。

そうするうちに、さやかちゃんは「みんながこんなにしてくれるんだから、本当に、慶應《けいおう》に行きたい」と内心、本気度を高めていきます。

とはいえこの段階になっても、周囲は、慶應《けいおう》合格は単なるネタだと思っていたようです。友達が「あんた、本気で言ってるの？」と言い出すのは、さらにもっと後のことになります。

「学校の成績は、数学は最後まで0点でした。ただ、慶應《けいおう》対策としてがんばってきた英語、国語、歴史、あとは他大学対策で学んでいた古文の点数は少しずつ上がってきたので、先生方は〝おや?〟とは思っていたようです。ただ、塾《じゅく》のことは、一切聞いてきませんでしたね。というか、会話自体がまったくなかったんです。でも慶應《けいおう》はあまりの難関なので、学校の先生は最後の最後まで〝あんなバカが、どうやったら慶應《けいおう》に受かるんだ?〟と思っていたはずです」

さやかちゃんを見つめる二人の目線

さやかちゃんが学校で寝ることを、先生にいくら言われても、押し通したああちゃん。彼女《かのじょ》が、こうした、体面を気にせず、子どもを守る姿勢を貫くようになったきっかけのひとつには、こんなこともありました。さやかちゃんが生まれて間もない頃のことです。

ああちゃんは、不幸だった自分の母親のためにも、自分だけは幸せな結婚生活を送ろう、その姿を母親に見せようと、ある種の義務感《ぎむかん》を感じて育ちました。そして自分の母親が気に入った相手（パパ）と結婚します。

でも、さやかちゃんが生まれて間もない頃、パパは脱サラして事業を始め、すぐに家庭を顧《かえり》みなくなってしまいます。それで、ああちゃんの母親は、「娘にもやはり幸せな家庭は築けなかった」と嘆きの日々を送るようになったそうです。

そんな状況を、当時のああちゃんは、すべてパパのせいにしていました。

そんな憎悪《ぞうお》が家庭内に渦巻《うずま》く中、赤ん坊だったさやかちゃんが、毎日熱を出すようになります。嘔吐《おうと》をくり返し、体中が赤く腫《は》れ上がるようになってしまったのです。

ああちゃんは、そんな状況に悩み、苦しく、暗闇《くらやみ》の中に佇《たたず》んでいる思いがしたそうです。親の平和な家庭に、エリート街道《かいどう》にいたはずの親類たちが金をしょっちゅう無心に来ていた子ども時代、彼《かれ》らが借金《しやっきん》取りに脅《おど》される現場に立ち会ってきた少女時代の暗い闇《やみ》が思い出され、ある時、思わず涙《なみだ》がこぼれてしまったそうです。

そんな時に、熱で真っ赤な顔をした、赤ん坊のさやかちゃんが、満面の笑みをああちゃんに向けてきました。まるで「泣かないで」と言っているかのように思えたそうです。高熱で苦しんでいる赤ちゃんのその笑顔を見て、ああちゃんは、思わずさやかちゃんにすがりついて泣いた、と言います。そしてその時に誓《ちか》ったのです。

「この娘《こ》こそは、世界一幸せな子に育ってもらおう。どんな時でも、何があっても、世間体や見栄や世の常識にとらわれず、この子が幸せになれる選択をできる知恵を持とう」

この時、ああちゃんは、母親に怒鳴《どな》られ、なじられして育ったダメ人間の自分が、再び暗闇《くらやみ》の中に落ちるのを、さやかちゃんが救ってくれた、と思いました。そして、この時初めて、「人生における、自分の役割がわかった」のだそうです。

その後、ああちゃんはそうした思いで、さやかちゃんの弟（長男）にも妹（次女）にも接していきました。その後も、考えがブレそうな時に、思い出す原点は、赤ちゃんの時の、さやかちゃんのあの笑顔だったそうです。

「親は誰でも、赤ちゃんだった頃のわが子を無条件に愛し、守っていこうと心に誓ったはずなんです。でも、いつしか忘れて、自分の言うことを聞く子だけがいい子だと思いこむんです。私がそうならなかったのは、あのさやかの笑顔のお陰でもあります」

いっぽう、さやかちゃんの受験が差し迫《せま》ってくると、パパの態度も、次第に変わってきていました。

大きな転換点《てんかんてん》となったのは、高校3年のお正月のことです。

最初の頃は、意地っぱりのパパの態度はそっけないものでした。

ですが、受験も目前のお正月、家族全員に親戚《しんせき》一同も呼んでおせち料理を食べようという段になっても、さやかちゃんは2階から降りて来ませんでした。1階の宴会《えんかい》の場に呼ぶと、親戚《しんせき》一同への挨拶《あいさつ》もそこそこに、1分足らずで2階に戻って行ってしまいます。それを見て、パパもようやく、「そこまでがんばれるとは、本当に、本気なんだな」と思うようになったそうです。

その後、パパの態度が少しずつ変わっていくのを、さやかちゃんは背中で感じたそうです。それまで2階の勉強部屋を覗《のぞ》きに来るのはああちゃんだけでしたが、次第にパパが勉強部屋に後ろ姿を見に来るようになったからです。

そして家庭の外でも、お酒が入ると、「うちの娘、ひょっとしたら本当に慶應《けいおう》に受かるかもしれない」とうれしそうに語るようになっていきます。

ここまで本気になれる娘の姿が、うれしく、頼もしく見え出していました。そして、母親の子育て法を、少し見直すきっかけになっていました。妻はただ子どもを甘やかしているだけではなかったのかもしれない、と。

こうしてさやかちゃんのがんばりが、きしみかけていた家庭に、微妙な変化をもたらし始めていました。

第六章

偏差値30だったギャル、いよいよ慶應受験へ

✎「あと1カ月あれば、準備万端《ばんたん》だったのに」

受験もいよいよあと数ヵ月。この頃には、さやかちゃんも安定した実力を発揮してきていました。慶應《けいおう》という山を一歩一歩登っているさやかちゃんの実力は、急激な曲線を描いて、かなりの高みに到達してきていました。

模試の偏差値《へんさち》も、総合で60を超えるようになってきたのが高校3年の12月のことです。つまり、英語だけではなく、苦手教科を含む全教科合わせても全体の中で上位15％以内に入ってきたわけです。あと少し！

やっていることは間違っていません。あとは、時間との勝負です。

正直、すべての教科が「あとちょっと」という感じ。もう「一流」なんだけれど、「超一流」にはなりきれていない状態でした。

この頃は、英単語をアホみたいに覚えてもらったり、もう一度流れをおさらいするために、『学研まんが日本の歴史』全巻を週末に5周り読んでこい！　とお尻《しり》をたたいたり、はたまた小論文対策として、多面的な視野をさやかちゃんに植えつけるべく、ライブドア事件でちょうどたたかれていたホリエモン（堀江《ほりえ》貴文《たかふみ》さん）に関してさやかちゃんに話したり——と言った、1秒もムダにしない、できない、追い込みの時期になっていました。

ちなみに、この頃の彼女《かのじょ》は、ノーメイク・黒髪《くろかみ》・スウェットという姿でがんばっていました。顔はストレスで太り、ニキビも増え——高校2年の夏に来た時のギャルの面影《おもかげ》は、もうそこにはほとんどありませんでした。実際、髪《かみ》やファッションに時間をかけている余裕など、もうなかったのです。

「もう私、女捨ててるから」「慶應《けいおう》うかりてぇーーーー！」

言葉づかいにこそ、まだギャルっぽさを残しながらも、立ち居振る舞《いふるま》いと知識は、もう全然違っていました。

何度も調べ、ループして使い込んでいた辞書のボロボロさが、彼女《かのじょ》の成長の跡《あと》を雄弁《ゆうべん》に物語っていました。

かつて学年でビリだった彼女《かのじょ》は、学校のテストでも、すべての文系教科で平均点以上を獲得《かくとく》。模試の成績に関しては、なんと高校Xの最上位の進学クラスであるCクラスのほとんどの生徒をぶちぬいて、学年で3位にまで急上昇をしていました。学校では寝てばかりだったにもかかわらず……

そんな緊迫《きんぱく》した日々を過ごすいっぽうで、自信を深め、僕《ぼく》が勢いで「こりゃ、東大も行けちゃうかもね！」と言うと、調子に乗って「行けるかな？」とか、さやかちゃんが明るく言い出したのがこの頃。しかし、当然ながら、慶應《けいおう》対策しかしてこなかったさやかちゃんの東大合格判定はなんと「W」。普通は悪くても「E（絶望的）」なんですが、僕《ぼく》がかつて見たこともない結果をたたき出したさやかちゃんは、「やっぱ面倒だから、東大はやめる」と一瞬《いっしゅん》で東大を断念したのでした（ちなみに、Wは教科の不足で出る結果です。模試を受けている科目が少ないのに、志望校に勝手に東大と書いたのでこの結果だったのです）。

最後の1カ月という時期には、もう徹底《てってい》して①過去問演習、②弱点補強——ひたすらこれを実践《じっせん》してもらいました。

なお、受験のテクニックで、ひとつ非常に重要なことがあります。それは、受験をする大学の選定の仕方に関して、です。具体的には、

①似た傾向・問題の出し方をする大学の過去問を何度かやってみて、受かったらラッキーなチャレンジ校、本命校、ウォームアップ校（俗にいうすべり止め）の3つの候補《こうほ》を選定する。

②試験日・合格発表日を考慮し、実際の受験校の選定を行なう。

——という2点について、よく考えるべき、ということです。

①に関して言えば、たとえば、英語での作文やリスニングがあるところとないところを受験校に混ぜると、個別の試験対策をしないといけないので、良くありません。また、たとえば、〝慶應《けいおう》の経済学部の試験では、日本史の問題は、一六〇〇年以降のものしか出ない〟と決まっています。その場合、日本史の問題の9割近くが江戸時代以降から出るような大学を、同時受験校に選ぶべきなのです。

②に関しては、本命を受験する前に、「ウォームアップ校にすでに受かっている」とだいぶ落ち着いて受験できるので、本命の受験までに、「合格している大学がある」状態をなるべく作れるよう、スケジュールを組むといいでしょう。これが、本命の受験前に「全部落ちている状態」だったり、「合格発表がまだ」だったりしますと「少々不安な状態」で本命の受験を迎《むか》えることになります。これを避けたいわけです。

とはいえ、受験では何が起こるかわかりません。ウォームアップ校に落ちても、本命には受かる場合も多々あります。それまで受験した大学に受かっていても落ちていても、「一喜《いっき》一憂《いちゆう》しない」イメージトレーニングを、早くから徹底《てってい》的に行なっておきましょう。

さやかちゃんに関しては、「あと1ヵ月あれば、準備万端《ばんたん》だったのに」というのが、この時期の僕《ぼく》の本音でした。過去問をやらせても、合格は5分5分というところまで来ています。

それで僕《ぼく》は、さやかちゃん、そしてご両親と相談して、ついに受験校を決めました。

ウォームアップ校は、**明治大学**と、**関西学院《かんせい》**。

対抗、**上智《じょうち》**。

本命、私立の最難関、**慶應《けいおう》**。

——思えば、わずか1年と数ヵ月前にstrongを「日よう日」と書いてきた子の受験校とは、とても思えない陣容《じんよう》でありました。

受験科目は、ほとんどが英語、日本史、現代文でした。

✎最初の関門は、西の慶應《けいおう》と言われる関西学院《かんせい》！

さやかちゃんの最初の受験校は、「西の慶應《けいおう》」と言われる関西学院《かんせい》でした。

試験会場は、近場の名古屋。しかし、当日は、ものすごい大雪が降っていました。

ああちゃんの車では、すんなり受験会場までたどりつけそうもありません……

そうなった時、これまでそっけない態度を見せていたあのパパが、自らの経営する会社に電話し、急遽《きゅうきょ》、スタッドレスタイヤを装着《そうちゃく》した車を用意してくれました。そして自分で運転をして、さやかちゃんを受験会場まで送ってくれたのです。

やはり、パパも、何かあった時にはさやかちゃんを助けてやろう、と思っていたのです。さやかちゃんの1年半のがんばりが、パパの意地を、つき崩《くず》した瞬間《しゅんかん》でした。

車中では「腕《うで》時計がない！　忘れた！」という話になり、パパがコンビニに車を停《と》めて、走って「（さやかちゃん曰《いわ》く）ダッサいデジタルの時計」を買ってきてくれました。

さやかちゃんは、その時計をぎゅっと握りしめて試験会場へ入ったと言います。

初の受験会場に入ったさやかちゃんは、

「ヤベー、人がむっちゃいるな、って思って」ひどく緊張《きんちょう》してしまったそうです。

ただ、この日は運が良かったようです。

試験前に、少し復習しようと思ってテキストをぺらぺらめくっていると、隣《となり》の席に座った受験男子が、ふで箱から野球のトレーディングカードを取り出し、それを立てて、必死で拝《おが》みはじめたのです。

それを見て、さやかちゃんは、そのかわいさに「思わず笑っちゃって」、一気にリラックスして試験に臨《のぞ》めたそうです。

試験会場の後ろのほうには、昔の知り合いもいたそうです。かつては、彼《かれ》のほうが圧倒的に成績がよく、さやかちゃんはよくバカにされていたそうなのです。

彼《かれ》が、試験前にさやかちゃんを見つけて、

「おう、さやか、ウエーーイ」

とノリノリで声をかけてきたので、

「この男、相変わらずだな」

と思って、がぜんリラックスできたとも言います。

その彼《かれ》が、帰り道に、「超ムズクね？」と声をかけてきます。でも、さやかちゃんは、内心で「え？　超カンタンだったんだけど？」と思います。それで合格を確信したそうです。

その後、彼《かれ》は大雪の中を自転車で帰って行き、さやかちゃんは、迎《むか》えに来てくれていたパパの車で自宅へ帰宅します。お父さんは、わざわざ会社を休んで、どこかで時間をつぶして、さやかちゃんを待っていてくれたのです。

車内で、「こりゃ受かったな」と鼻をふくらませながら言うさやかちゃんに、パパはまだ半信半疑で、「本当か～？」と笑っていたと言います。

上智《じょうち》大学の受験で、予想外の大苦戦

その後、さやかちゃんは明治大学と上智《じょうち》大学を受けました。本命の慶應《けいおう》受験へ向けて場馴《ばな》れしてもらう意味もあってのことでした。

この時は、東京のホテルに4日間滞在し、ああちゃんも一緒でした。

明治大学の政経学部を受験した時は、かなりリラックスできたし、余裕も感じていたそうです。関西《かんせい》学院での手応《てごた》えが、そういう心理を生んでいたのかもしれません。「あとは、校舎がキレイだな、って思ったのと、山Pに会えないかな、と思っていたのを覚えているぐらい」だそうです。

いっぽう上智《じょうち》の受験時のことは、鮮明《せんめい》に記憶に残りました。

「割と古い校舎で、頭が良さそうな人が受けに来ているな、って思ってました。東海高校っていう、名古屋ではトップクラスの男子進学校があるんですが、その人たちが多く、同じ校舎で試験を受けていました。仲良しも多くいて、みんなで試験後に、

〝ヤバくね？〟とお互いを指さし合いながら、語ったのを覚えています。

その年から英語の試験の傾向がめちゃくちゃ変わって難しくなっていたんです。上智《じょうち》の過去問は百％近く解けていたので、試験前は余裕しゃくしゃくでしたが、実際の試験では、どれ1つとしてわからない！ みたいな感じで。途中《とちゅう》であきらめて、時間のムダだと思って、寝ました。

結果、東海高校の人たちも全員落ちて、その年に受かった人を私は周囲では知りません。英語がすごくできる生徒を取りたかった年じゃないかって噂《うわさ》されていましたが。私は、絶対に落ちると思って、帰ってから慶應《けいおう》の勉強をするために、と思って寝たんですね。試験終了時に、試験官に、〝起きて〟って言われて、起こされて帰ってきました。

それで、上智《じょうち》はもういいや、慶應《けいおう》さえ受かればいいや、って気持ちを切り替えたんですね」

塾《じゅく》に通ってくる最後の日の出来事

明治、上智《じょうち》の入試を終えたさやかちゃんは、慶應《けいおう》受験を控《ひか》え、いったん名古屋に帰って来ます。

そんな彼女《かのじょ》に、僕《ぼく》は、九州の実家に帰った際に買った、太宰府天満宮《だざいふてんまんぐう》の菅原道真《すがわらのみちざね》の

合格祈願鉛筆《きがんえんぴつ》をプレゼントしました。今のさやかちゃんによると、

「6本入りで、ケースの裏に、Nobutaka Tsubota って書いてあったのを覚えてます。なんか励《はげ》ましの言葉も書いてあったんですが……忘れちゃいました（笑）」

とのこと。この時、僕《ぼく》が、

「菅原道真《すがわらのみちざね》はナンの神様？」

とすかさず聞くと、

「え、鉛筆《えんぴつ》？」

と答えるさやかちゃんに、

「お前、絶対落ちるわ！」

と笑った記憶があります（正解はもちろん「学問の神様」です）。

慶應《けいおう》受験に際しては、ああちゃんが、さやかちゃんに受験会場から離れたホテルしか用意してあげられず、困っていました。

それで初めて、意地を張り合っていたパパに、ああちゃんは頭を下げたそうです――「さやかのために、近場のホテルを用意してあげられないか」と。

するとパパは、快《こころよ》く、すぐに知り合いに電話をし、試験会場からすぐの場所にある良いホテルを用意してくれました。

長年意地を張り合ってきた夫婦にも、変化が訪れつつありました。

慶應《けいおう》受験で都内に出る時には、「集中したいので、一人で行かせて」とああちゃんに言って、一人で東京へ行くことになりました。

「別にイヤじゃないし、集中の邪魔《じゃま》ってわけじゃないんだけど、けじめとして、慶應《けいおう》だけは一人で行かせて」

と伝えたそうです。ああちゃんは小声で「本当に、一人で、大丈夫なの?」と何度も聞いて不安そうだったそうですが、結局、名古屋駅まで車で送ってくれて、それで別れたそうです。さやかちゃん曰《いわ》く、「それから毎日電話かかってきたけど(笑)」。

慶應義塾《けいおうぎじゅく》大学の入学試験のために東京に行く直前期には、さすがのさやかちゃんも極度に緊張《きんちょう》して、

「先生、プレッシャーに押しつぶされそう」

と真顔で言ってきたことがありました。

その顔は、もう「ギャル」で「ヘイアンキョウさん」なんて言っていた少女のものではありません。それで僕《ぼく》は彼女《かのじょ》にこう言いました。

「強いプレッシャーがあるってことは、受かる、って心の中で思ってるってことだ。

だって、落ちると思ってたら、プレッシャーなんか無いはずだから。すごいね！　成長したね！」

「そっか。受かりそうなんだよね、私、慶應《けいおう》に」

そう言って表情をやわらげた彼女《かのじょ》が、ボロボロになった英和辞書を差し出します。

「先生、この辞書に、サインと何か一言をお願いします」

そこで僕《ぼく》は、筆記体で自分の名前を辞書の裏表紙にサインしました。そして、一瞬《いっしゅん》ペンを止めて、思案した後、英語で一文を書きました。

Where there is a will, there is a way.（意志のあるところに、道は開ける）

まさに、さやかちゃんを表わしている言葉だと思ったからです。

「慶應《けいおう》に行きたい」――その年の受験生で、最もその意志が強かったのは彼女《かのじょ》かもしれません。

変わりたい、自分を変えたい――そういう思いは誰にでもあります。でも、それを行動に移して、継続することは難しいものです。ダイエットですら継続は難しい。なのに、ましてや、自分が今まで読んだこともないような本を読み、大キライな勉強を、周囲から絶対に無理だと言われ続けながら、「バカだ」「ガリベンバカだ」とののしられ、笑われながら、地道に1年半、やり続けてきた、さやかちゃん。

「もし慶應《けいおう》に落ちたら」なんて、僕《ぼく》はまったく考えませんでした。思いつきもしなかった。

絶対受かる。

僕《ぼく》はそう思って、塾《じゅく》の外にあった自動販売機で、ホットの缶《かん》コーヒーを買って、塾《じゅく》に来る最終日に彼女《かのじょ》に手渡しました。そのコーヒーのラベルには「合格」と書いてありました。

彼女《かのじょ》は、缶《かん》の熱で手を温めつつ、

「ありがとうございます。この合格コーヒー、試験の前に飲みます。先生、1年半、本当にありがとうございました。さやか、先生とああちゃんがいなければ、受験勉強を乗り越えられませんでした。本当にありがとうございました」

何度も頭を下げるさやかちゃんの目は、感慨《かんがい》で少し赤いようにも見えました。

そうか、もう今日が、この子が塾《じゅく》へ学びに来る最終日か——僕《ぼく》も少し感傷《かんしょう》的になっていました。

そして、彼女《かのじょ》の缶《かん》コーヒーを持った手を両手で包んで、最後にこう伝えました。

「蹴散《けち》らしてこいよ！」

さやかちゃんは「はい！」と元気に言って、最後の塾《じゅく》を終え、帰って行きました。

いざ、本命・慶應《けいおう》大学文学部の入学試験へ！　しかし……

東京に来てみると、さして緊張《きんちょう》はなくなっていました。リラックスすら、していたそうです。

「やることはやったし、あとは運だし……」

と思っていたそうです。横浜みなとみらいのホテルを取っていたので、試験前日は、周辺をぶらぶら散歩したり、港の見える丘公園に行ってぼーっとしたりして、もうほとんど勉強はしなかったと言います。外で一人、

「東京に住むことになったら、どこへ行こう」

などと妄想《もうそう》していたそうです。

その時期のことを、ああちゃんがこうふり返っています。

「坪田《つぼた》先生がくださった合格コーヒーを、〝これを持って行けば受かる！〟と信じて、大事にしていました。そして、さやかがボソっと、〝坪田《つぼた》先生、私の合格まで禁煙してくれているのを、内緒《ないしょ》にしてるけど、さやか知ってるんだ〟と言っていました。

〝大勢の人が応援してくれて、とにかく感謝、感謝で、こんなに幸せなことはないな、

と思って、今は落ち着いている〟と言っていました」

さやかちゃんが一人で東京へ行って臨《のぞ》んだ慶應《けいおう》大学の入試日は、4学部を受けたので、計4日ありました。

最初に受けたのは、経済学部と商学部です。まったく対策をしていなかった理系のような試験もあったので、「受かったらラッキーぐらいのつもりで」受けていました。それで、平常心で受けられたそうです（ですが、学習してきていない理系関連の出来は、もちろんひどかったようです）。

そしていよいよ、本命である、慶應《けいおう》大学文学部の試験日を迎《むか》えます。

過去の入試問題を解いた結果を考えるに、さやかちゃんが受かるとしたら、この学部しかありませんでした。さすがに緊張《きんちょう》が高まります。

そこで、さやかちゃんは試験直前に、「ここだ！」と思って、僕《ぼく》が渡した合格缶《かん》コーヒーを万感《ばんかん》の思いを込めて飲みほします――それは、精神安定剤として作用するはずでした。

しかし、これが大失敗だったのです。

緊張《きんちょう》の中で飲んだ冷たいコーヒーだったせいか、それで、お腹《なか》がめちゃくちゃくだってしまったのです。

結局、さやかちゃんは試験中、ずっとトイレのことを考えており、実際、何度もトイレに行き、しばらく座っていなければなりませんでした。

それで、時間が足りなくなりました。

文学部で出題される英文は長いのです。その英語の長文の一部に下線が引いてあって、そこをうまく訳した者勝ちの試験なのです。さやかちゃんは、その問題に絶対の自信を持っていました。でも、トイレに何度も行ったことで、時間が無くなり、集中力も散漫《さんまん》になり、英文を読み込めず……思うように解答を書けずに試験が終わってしまいます。

その日の試験は、ずっとそんな調子で――文学部の過去問は9割以上取れていたのに、まったくうまく行かずに、その日を終えることになります。

「**失敗した……**」と思ったそうです。

でも、コーヒーでお腹《なか》をくだしたことも、失敗したと自己分析《ぶんせき》したことも、さやかちゃんは、誰にも言わず、この後ずっと内緒《ないしょ》にすることになります。

これで、慶應《けいおう》の残る受験学部は、総合政策学部《そうごうせいさく》のみとなりました。

しかし、総合政策《そうごうせいさく》の過去問の小論文では、さやかちゃんは良い点を取ったことがなかったのです。

本格的に「もうダメか」という思いにかられましたが、やはりそのことは誰にも言わずにおきました。ああちゃんからの電話でも、文学部での失敗には触れずにおきました。

「合格発表までは何が起こるかわからない。だから、一喜一憂《いっきいちゆう》するな」――僕《ぼく》の言葉を、思い出したそうです。

一喜一憂《いっきいちゆう》せず、平常心でいよう。

それに、みんなを早い段階でがっかりさせることもないだろう。

さやかちゃんはそう考えて、失敗のことを、だまっていたのです。

✎過去問の出来が最悪だった総合政策学部《そうごうせいさく》の受験へ

そうしてさやかちゃんは、いよいよ今年最後の入学試験となる、慶應義塾《けいおうぎじゅく》大学総合《そうごう》政策《せいさく》学部の受験に挑《いど》むことになります。

過去問の成績から、「総合政策《そうごうせいさく》は、受かるわけが無いと思っていた」ので、「むしろリラックスしていた」そうです。

まず、朝一番で、英語の試験を受けました。結果、「すごくかんたんだった」そうです。

なんでこんなにかんたんなのか、と思って、どんどん解いていけたそうです。その年は、前置詞の選択問題などが多かったのですが、「どう考えてもこれだろ！」という問題が続いて——「これじゃ、みんなできちゃうな、ヤバいな」と思ったと言います。

ちなみに、この年の英語の問題がやさしかった、という客観的事実はありません。英語に関しては特に強化されていたさやかちゃんのレベルが、そこまで上がっていた、ということだったのです。

「次の小論文は、運だな、と思っていた」そうですが、設問に行くまでの課題文が長いのが、慶應《けいおう》の小論文の特徴《とくちょう》です。

趣旨《しゅし》、論旨《ろんし》の違う3つの長い課題文を読まされ、各々を要約した後で、自分の意見を小論文で書くのですが、これが（当時は）3時間の長丁場で試される、なかなかにキツいテストとなっていました。

さやかちゃんは、過去問では、これがいつも苦手だったのです。

前述のように、センス自体はあったのです。でも、時事問題の知識に、まだ欠けていたので、うまく実力を発揮できずにいました。

ただ、その時、課題文を読みながら「あの話使えるかな、この話使えるかな」と考えていたさやかちゃんの脳裏《のうり》に、僕《ぼく》との会話がよみがえってきます。

「あれ？　先週確か、こんな会話を、坪田《つぼた》先生としたな？」

それは、「世論とはなにか、そして世論は時に間違うよね」という会話でした。その例として、僕《ぼく》はホリエモンブームと、その後のバッシングの話をしていました。

「テレビや新聞が言うことを、そのまま信じちゃいけないんだよ。物事を、多面的に見ていくことが大事なんだ」

そう僕《ぼく》が話す映像が目の前に浮かんださやかちゃんは、

「来たあああ!!」

と思って、自分の意見を早く書きたい、早く書きたいと思いながら、とりあえず課題文の全文を読んでいきました。

そして、速攻《そっこう》で要約を書いた後、ホリエモンのネタで、私が思うに世論とは……という話を書き始めたのです。

試験中によみがえった、塾《じゅく》での会話

さやかちゃんは、もともと本も読まない、新聞も見ない、テレビのニュースも見ないギャルでした。ですから当然ながら、時事問題の常識が決定的に欠けていました。ずっと「首相」と「総理大臣」は別物だと思っていましたし、「坪田《つぼた》先生が日本の大統領《だいとうりょう》になればいいのに」とかワケのわからないことも言っていました。

さやかちゃんには、教科書的な知識は備わってきていました。でも、とにかく、時事問題に疎《うと》く、慶應《けいおう》の総合政策《そうごうせいさく》を受ける際には、そこが弱点になると僕《ぼく》にもさやかちゃんにも、わかっていたのです。

それで僕《ぼく》は、さやかちゃんに、時事的な話題を雑談としてよく振るように、日頃から意識していました。

一般的に、入試の小論文問題では、試験日のだいたい半年前ぐらいの時事ネタが出題されることが多いのです。それで僕《ぼく》は、よく、入試の半年前ぐらいの時事ネタについて、彼女《かのじょ》に話していました。

最初の1年間ほどは、新聞の記事を読んで、調べて、自分の意見を書かせる練習をさせていましたが、最後のほうでは、

「ホリエモンはなぜつかまったのか、これに対してどう思うか」

という時事ネタを、さやかちゃんとしていました。入試半年前の、すごく大きなトピックだったからです。

当時、ベンチャー企業ライブドアの経営者だったホリエモン（堀江貴文《ほりえたかふみ》さん）は、一時、大阪近鉄バファローズの救世主のように扱《あつか》われ、そこからライブドアの名前が知れ渡ります。無所属で出馬して、ＣＭにも出て、一躍《いちやく》、時代の寵児《ちょうじ》と言われていました。

ですが、次第に、「金で買えないものは無い」といった発言が曲解《きょっかい》されるなど、世論がバッシングの方向へと変化し始めます。そして、一気にライブドアに強制捜査《そうさ》が入って、逮捕《たいほ》され……。

その翌日には、さやかちゃんが、そうした報道を受け、ホリエモンのことを、

「この人、最悪じゃん！」

とか言って、例のごとく、怒っていました。そこで良い機会だと思って、僕《ぼく》はこう話し始めました。

「いや、世論って、すぐ変わるからさ」

「ん？　世論って何？」

「世論っていうのは、民衆の考え方のことなんだ。でも、世論って、すぐ移り変わるんだぜ」

きょとんとしているさやかちゃん。

「ついこの間まで、マスコミがほめてたから、ホリエモンってすごいと思ってたでしょ？」

「思ってた～！」

「でもさ、マスコミってクソなんだよ。じゃあさ、小沢一郎ってどういう人だと思う？」

「めっちゃ悪い奴だと思う」

「でもさぁ、じゃあなんで岩手県でさ、何十年も選挙で選ばれてるんだろうね？　岩手県の人たちにとっては、どういう人なんだと思う？」

「いい人なのかな」

「じゃあ、なんで僕《ぼく》らは彼《かれ》を悪く思ってるんだろうね？」

「悪いニュースしか聞いてないからかな」

「じゃあ今回、ホリエモンのことをどう思う？」

「実はめっちゃいい人かもしれないね」

「でしょ？　大事なのは、モノの見方にはいろいろな角度があるって知ることなんだ。ニュースや新聞が、情報のどこを切り取るかで、みんなが受ける印象は変わってしまう。だから、マスコミの言うことをただ信じるんじゃなくて、いろいろな立場の人の身になって、考えてみるのが大事なんだ。

　ホリエモンだって、マスコミであんなに持ち上げられていたのに、途端《とたん》にたたかれたりして。で、ライブドアショックがあって。でも、彼《かれ》のお陰で良いこともたくさんあった、とも言えるでしょう？　多面的に見ると。ニュースとは違うモノの見方もあるんだよ」

　慶應総合政策《けいおうそうごうせいさく》の小論文を解くさやかちゃんの脳裏《のうり》に、このやりとりがまざまざと浮かんだと言います。そのやりとりをベースに、小論文を書き始めたそうです。がっつり話し込んだネタだったので、さやかちゃんの考えも深まっており、書くことはいくらでもあったのです。

この時、「3時間があっという間だった」そうです。

我ながら完璧《かんぺき》な出来、完成度だったので、

「あれ〜〜〜、これ行けるんじゃないか？」

とその小論文の後で思ったと言いますが、

「でも何があるかわからんし」

とそのことも誰にも言わないでおいたのでした。

第七章

合格発表と、つながった家族

✎関西《かんせい》学院、明治大学に合格！　でも本命は……

かくして、受験のシーズンは終わりました。

さやかちゃんの1年半の戦いも、幕を閉じたのです。

そして次は、いよいよ合格発表でした。


受験後は、めちゃくちゃ寝まくろうと思っていたさやかちゃんでしたが、急にはそう眠れず——見たかったテレビを見まくって、夜遅くまでひたすらぐうたらしながら、合格発表を待っていました。

この期間は、勉強とプレッシャーから解放され、「幸せでした」。

夜中まで、友達に電話をしていましたが、合否に関する話は、誰ひとり、聞いてこなかったそうです。


最初に出たのは、関西《かんせい》学院大学の受験の結果でした。

ここは、無事合格。一同、ひとまず胸をなでおろします。

ちなみに、受験会場で隣《となり》にいた男子は、残念ながら落ちていました（野球のトレーディングカードを見て拝《おが》んでいた子です）。

そしてその後、明治大学にも受かったと判明します。

いっぽう、さやかちゃんの得点源である英語で手も足も出なかった上智《じょうち》大学には不合格。

ですが、これは最初から覚悟していたので、ノーダメージでした（実はこのリベンジは、伊達政宗《だてまさむね》を〝いたちせいしゅう〟と読んでいた妹のまーちゃんがいずれ果たすのですが、それはまた別のお話です）。

慶應《けいおう》の総合政策《そうごうせいさく》に関しては、内心、「受かったかもしらんな～」と思って帰ったさやかちゃんでしたが、

「でも文学部は落ちてそうだからなあ。ヤバいわ……まずはその結果を待とう」

と思って、それを誰にも話さずにいました。

果たして……大本命の慶應《けいおう》文学部には、落ちていました。

不合格の知らせがネットのホームページで表示されたのをパソコンで見て、まず、ああちゃんに、

「ああちゃん……文学部、落ちた」

と声をかけたと言います。

ああちゃんの反応は、ほとんど記憶に無いそうですが、静かに、

「まぁ、そこに、行かないほうがいいってことだね」

と言われたことだけ、記憶しているそうです。

パパには自分からは不合格の話はしませんでした。

✎「努力しても、ムダなんだ」

その後、さやかちゃんは電話を僕《ぼく》にかけてきます。

僕《ぼく》は常々、さやかちゃんに「受験の結果に、一喜《いっき》一憂《いちゆう》するな」と教えていましたが
(これは全受験生に言うことでもあります)、慶應《けいおう》文学部不合格の電話を受けた時は正直、

「マジかあああ!」

と内心ひどく動揺《どうよう》してしまいました。

経済学部と商学部にもすでに落ちており、正直、「もう慶應《けいおう》は、終わったな」と思いました。

生徒たちのことを想って初めて願かけで禁煙《きんえん》もしたが、ダメだったか。

さやかちゃんはおもしろいし、本当にがんばっていたし、家庭の事情もいろいろ聞いていたので――「この子が慶應《けいおう》に受からなかったら、いろいろマズいな」と焦《あせ》ったのでした。

「努力してもムダなんだ」とさやかちゃん、そしてその家族が思うのがイヤでした。僕《ぼく》が1年半してきたことは、彼女《かのじょ》に「最高の失敗体験」を与えることでしかなかったのか……。

その時、僕《ぼく》の渡した合格コーヒーのせいで落ちた、という話はまだ聞いていませんでした。純粋に、さやかちゃんの学力が達していなかったのか、と僕《ぼく》は悔やんでいたのです。文学部でそうなら、残る総合政策《そうごうせいさく》は……。

ただ、生徒に動揺《どうよう》を見せてもダメですし、言い訳がましいのも良くないのです。僕《ぼく》はそう思い直し、できるだけポジティブな、そして平静を装《よそお》った口調でこう言いました。

「あ、そうなんだ。でもまだ最後まで、発表は終わってないんでしょ。とりあえず関《かん》西《せい》学院と明治には受かったわけだし、最後まで待つべきなんじゃない」

そう聞いたさやかちゃんには、

「普通に考えて、先生も内心、マジかあああ、と動揺《どうよう》してるんだろうな」

というのはわかっていたそうです。

でも、「先生が自分のために、平静を装《よそお》って言ってくれているのはわかった」ので、

「そんな感じです」とだけ言って、その電話をあっさり切りました。


そんなさやかちゃんは、「でも、小論文、できたんだよなぁ」と、内心では、総合《そうごう》政策《せいさく》の結果に賭けていました。

「でも安パイだと思っていた文学部、落ちたしなあ……あと4日ぐらいだし、何があるかわからないし、口が裂《さ》けても、総合政策《そうごうせいさく》がうまく行った、とは誰にも言わないでおこう」

と、ずっとだまっていたのでした。


そうするうちに、関西《かんせい》学院と明治大学の入学金を払わないといけないリミットがやって来ます。

「坪田《つぼた》先生に相談したら、西の慶應《けいおう》と言われる関西《かんせい》学院に行きなよ、と、言われて…

…おばあちゃんも大阪にいたので、じゃあ、と、関西学院《かんせい》に入学金30万円を、パパがだまって、支払ってくれました」

最終結果

最後の、慶應《けいおう》大学総合政策《そうごうせいさく》学部の結果発表は、昼のことでした。

家には、誰もいませんでした。

「ああちゃんもいなくて、みんな気を遣《つか》って、いなかったのかも」

そんな中、さやかちゃんが、規定の時刻に指定のホームページへアクセスし、パソコンでぽちぽちっとマウスをクリックすると、画面に表示されたのは、

「おめでとうございます！」

という文字でした。

「むぁじか!!」

というのが、その画面を見て、出た言葉でした。でも、意外とすぐ冷静になって、

「やっぱりな～、だって、できたもんなあ」

と、思い直しました。

さやかちゃんは、この件をすぐ、ああちゃんに電話します。

ああちゃんはどこかをふらふらしていましたが、すぐ帰宅して、

「やったね!!」

と言い合って、二人で抱き合ったそうです。

その後、僕《ぼく》に電話をすると、その電話中に父方のおばあちゃんが帰ってきて、受かったと知ると、泣きそうになりながらさやかちゃんに抱きつき、

「さやか〜、ようやったねえ」

と強く抱きしめてきたそうです。そのおばあちゃんは、この5年後に亡くなるのですが、「最後におばあちゃん孝行ができたと思う」そうです。


パパも、めちゃくちゃ喜んで、すごく強く抱きしめてきました。そして、さやかちゃんを持ち上げて、

「オレの娘が慶應《けいおう》に行くのか〜!!」

と喜びを爆発させました。

「だって、さやか、お前、本当に、よくがんばってたもんな!」

出たくなかった電話

僕《ぼく》は、その時、塾《じゅく》へ向かう途中《とちゅう》でした。

さやかちゃんの合否の発表時刻が、だいたい何時頃かは知っていましたし、唯一「行けるだろう」と思っていた文学部には落ちていたので（僕《ぼく》はずっと、さやかちゃんが実力で落ちた、と思っていました）、ガラケー（携帯電話）の着信で「さやか」という文字が表示された時に、正直、この電話には「出たくないな」と思ってしまいました。

過去問の成績から、つまり、データから見て、総合政策《そうごうせいさく》は無理だと僕《ぼく》にはわかっていました。

たまたま受験科目がさやかちゃんの適性に合致したから、「記念受験」させただけだったのです。

僕《ぼく》は、慶應《けいおう》文学部不合格の報を聞いた後から、ずっと考えていました。

「関西《かんせい》学院に、どう気持ちよく行ってもらうか」

「ご家族を含め、この結果にポジティブになってもらうには、どうするか」

すでに、ことは終わっています。今さら励《はげ》ましても仕方がありません。今からはもう、運命は変えられません。

僕《ぼく》は毎日、お風呂に入るたびに、考えていました――どう言葉をかけたら、「努力することはムダじゃない」と教えられるのだろうか、と。

言葉だけではなく、教師として、どう行動したらいいのだろうか、と。

とりあえず電話口では、そのようなポジティブな方向に持っていくのは無理そうに思えました。そこで、総合政策《そうごうせいさく》不合格の話を聞いたら、すぐに電話を切り、その後、さやかちゃんと会って、僕《ぼく》の想いをしたためた手紙を渡そうと思っていました。

「学年ビリから、関西《かんせい》学院に受かったのは、すごいことだ。よくがんばったね！」というのを、過去に彼女《かのじょ》がやってきた勉強の過程を見せて、手紙に書こうと思っていたのです。

そして、「これからもよろしくね」と書くつもりでした。

心の準備はできていた――はずでした。

でも、通勤中、そろそろかな、という時に、ガラケーがぶぶーっと電話を着信した時に、どっと冷や汗が出てきました。

「着信　さやか」とあるのを見て、一瞬《いっしゅん》、取らないでいられたら、と夢想しました。

そして、ガラケーをぱかっと開けて、「着信拒否」のボタンを押そうか、少しの間だけ、ひどく迷いました。

でも、僕《ぼく》は、覚悟を決めて「受信」ボタンを押しました。

その時、必ず、自分からなぐさめの言葉を話しかけようと思っていました。

ただ、いざとなると、頭の中が真っ白になってしまったのです（もし、あのまま不合格の報を聞いていたら、用意していた言葉は絶対に何も話せなかったと思います）。

しかし、さやかちゃんからの第一声は、

「受かった～!!」

でした。それで何が起こったかわからず、なおさら、頭の中が真っ白になりました。

完全に想定外だったので、

「おおお～？　お、おめでとう！」

しか言葉が出ませんでした。

さやかちゃんも「ありがとうございます」しか言えず、ただただ、

「おめでとう！」

「ありがとうございます」

「おめでとう！」

「ありがとうございます」

「おめでとう！」

「ありがとうございます」

「おめでとう！」

「ありがとうございます」

「おめでとう！」


と、お互いにただただ記号のように言葉を発し合っているうちに、言葉が逆になったりしてしまったのでした。

この時、記憶にあるのは、頭が真っ白だったことだけです。

「今から、会いに行きます」

とさやかちゃんに言われて電話を切ったあとは、手がひどく震《ふる》えていました。

「マジか？？　すげえええええ！」と。

✎「お前、きったない顔しやがって」

　さやかちゃんからすれば、

「坪田《つぼた》先生は、私からの電話を待ってるんだろうな。でも絶対、先生の側からは〝どうだった？〟とは聞いてこないな」

と思っていたそうです。なので、僕《ぼく》が電話に出たな、と思ったらすぐに、

「〝受かった〜!!〟と怒鳴《どな》ってやった」

のだそうです。すると、僕《ぼく》が、

「うぇぇぇぇぇぇ？」

となったので、

「あ、やっぱこの人、私が受かるとは、思ってなかったんだな」

とわかったと言います。

　とりあえず、直接会って、お礼を言おうとすぐに電話を切って、再びおばあちゃんに抱きしめられ、パパに抱きしめられ、ああちゃんに抱きしめられた後で、すぐ塾《じゅく》に向かって、自転車を飛ばしました。

当時の塾《じゅく》は、さやかちゃんの家からは、車で10分、15分の距離でした。そこを自転車で、ノーメイクのジャージ姿で、ぶっ飛ばして来たのです。

塾《じゅく》に現われたさやかちゃんの顔は、冬の寒さの中、自転車を飛ばしてきたことで、汗や鼻水ですごいことになっていました。

なので、僕《ぼく》は、

「お前、きったない顔しやがって」

と憎まれ口をたたきました。そしてそれから塾《じゅく》全体が、「おめでとう！」というお祝いの言葉でいっぱいになりました。さやかちゃんは、

「気持ちえええええ」

と思ったそうです。


受かった、落ちた、という話は、生徒のプライバシーに関わるので、普段は言わないものなのです。ですが、この時だけは思わず、

「さやかちゃん、受かったって〜!!」

と塾《じゅく》中に報告してしまったのです。それでみんな、「ええええ！」となり、そこから

自然と「おめでとう！」と拍手《はくしゅ》がわき起こったのでした。

なお、あいにくと〝医師である父親を殺すのが夢〟と言って塾《じゅく》に来ていた、さやかちゃんウォッチャーの男子は、その時は、受験でいませんでした（前述のように、彼《かれ》も、その〝夢〟は捨て、今では立派な医師になっています）。

ちなみに、「お前が慶應《けいおう》に受かったら、オレは全裸《ぜんら》で逆立ちして、ここを一周してやるわ」と言っていた学校の先生は、さやかちゃんが合格を報告すると、「ウソだろ？」と笑って、立ち去ってしまったそうです……

それからの家族

僕《ぼく》はその後、ああちゃんとパパにもお会いしました。あの時のお二人のうれしそうな様子は、いまだに忘れられません。

特に、パパは、まるで少年のような笑顔で喜んでいました。

「先生、僕《ぼく》ね、夢だったんですよ。僕《ぼく》、野球をやってたでしょう？　自分の子どもが慶應《けいおう》に行くの、夢だったんです。本当にありがとうございます」

そしてああちゃんも、こう言ってくださいました。

「先生、もうなんと言っていいか。私はさやかと先生を信じていました。でも、本当に合格するなんて……先生のおかげです」

僕《ぼく》は、恐縮しながらご挨拶《あいさつ》をしました。

「本当におめでとうございます。すごいですね。あのさやかちゃんが、慶應義塾大学《けいおうぎじゅく》の学生になるなんて――」

ご両親の表情を見ると、僕《ぼく》もなんだかせつなくなって、それ以上は、もう言葉が出ませんでした。

受験勉強開始当初はそっけなさを装《よそお》っていたパパでしたが、この1年半のさやかちゃんのがんばりを見てきたパパは、もう昔のパパとは違っていました。

子育てに関する考え方の相違から長年対立をしてきた、ああちゃん。その子育て法と、その結果、のびのびと、しかしものすごくがんばる娘に育ったさやかちゃんのことを、お父さんは、もう認めていたのだと思います。ああちゃんは、ただ子どもを甘やかし、わがまま放題のギャルに、さやかちゃんを育てたわけではなかったのです。

「どうしようもない」と一時は呆《あき》れていた我が娘に、忍耐《にんたい》強く勉強を継続させただけでも立派《りっぱ》なのに、まさか慶應《けいおう》に受からせてしまうとは……パパの中にも、妻と娘を、誇《ほこ》らしく思う気持ちが、ここでしっかり根づいたのでしょう。

それは、さやかちゃんが受験の結果として勝ち取った、合格より大きな成果だったのかもしれません。

その後、さやかちゃんの都内への引っ越しの日、パパは、さやかちゃんの引っ越しを手伝ってくれます。

そして、その時に、さやかちゃんにすてきなブルガリの腕《うで》時計をプレゼントします。それが、パパなりの、長年のわだかまりがとけた愛情のしるしだと、さやかちゃんにもわかったそうです。

「私とお父さんは、ほんとうに性格がそっくりなんです。とにかく似てる」

そう、さやかちゃんは言います。

だからこそ、ついついケンカをしてしまう二人でした。パパとさやかちゃんは、すぐ、売り言葉に買い言葉、になってしまって、お互いに引くに引けなくなってしまうのです。

でも、そうやって思いっきり言い合える娘も、都内で一人暮らしを始め、家にいなくなると、さびしいものなのかもしれません。

最近では、さやかちゃんが実家に帰ると、素直にパパの背中に飛び乗れる関係性になれたのだそうです。

さやかちゃんは今でも、半年に一度は名古屋に戻ってきて、僕《ぼく》に顔を見せてくれます。そして、受験の時のように、自分の家族のこと、友達のこと、近況をたくさん話してくれます。

今では、パパとああちゃんは、ふたりきりで旅行に行くこともあるそうです。

「パパとああちゃん、最近は本当にラブラブで、いつも一緒にいるの」

そう笑顔で話すさやかちゃんは、そう言って今もやっぱり、鼻をふくらませるのでした。

あとがき

これで、僕《ぼく》の語る、塾生《じゅくせい》さやかちゃんの物語は終わりとなります。

読者のみなさまの貴重なお時間を使って読んでいただいて、本当にありがとうございます。

何か、少しでもみなさんにポジティブなメッセージが伝われば心から願っています。

今回、改めて記録を見直したり、取材をしたりする中で、「事実は小説より奇なり」と言う言葉の意味をかみしめています。

聖徳太子《しょうとくたいし》を「せいとく　たこ」と読んでいた女の子が、苦労を重ね、成長する。

そこまではまだわかります（それでも、慶應《けいおう》大に合格するというのはまたすごい話ですが）。

しかし、彼女《かのじょ》に缶《かん》コーヒーを渡して、本命である慶應《けいおう》文学部の受験の前に彼女《かのじょ》が飲んで、それでお腹《なか》をくだす……そんなことあるのでしょうか。あるのです。

ちなみに、妹のまーちゃんは昨年（2012年）、上智《じょうち》大学に合格し、お姉ちゃんのリベンジを果たしました。そして彼女《かのじょ》を指導していたのが、現在私の経営する坪田《つぼた》塾《じゅく》で右腕《みぎうで》として活躍《かつやく》してくれている中野なのですが、彼《かれ》もこの逸話《いつわ》に倣《なら》ってまーちゃんに缶《かん》コーヒーを渡します。

ところがまーちゃんは、お姉ちゃんの「失敗」を知っているので、「試験直前には」缶《かん》コーヒーを飲まなかったそうです（笑）。

実は、さやかちゃんのお父さんとは、受験時代にはほとんど接点がありませんでした。当時は、さやかちゃんを通じて、文句しか聞いたことがなかったのです（笑）。

でも、読者のみなさんに誤解しないでいただきたいのは、「どこの家庭でも、父親と娘はそうなのだ」ということです。思春期に、娘が父親を毛嫌《けぎら》いすることはどこの家庭でも良くあること。

そして、今や「理想的な家族」と見えるこのご家庭から学んだことは、結局、「子どもの成長」と共に、「家族も成長」するのだなということです。

さまざまな教育的な背景、価値観が違う人間が家庭を作る。そこでいざこざがあるのは「普通のこと」なのです。

誰のせいとか、何が良い悪いとかではなくて、「家族」というのもたぶん、結婚した時を0歳として「成人」していくものなのかもしれません。

多くのご家庭に接して、「内情」をたくさんかいま見させていただくこの職業について10年以上が経ちますが、やっとそこに気づかせてもらいました。

「慶應《けいおう》卒」のさやかちゃん。その「結果」だけを見れば、元々優秀な子だったんだろうだのなんだの言われます。

しかし、彼女《かのじょ》の物語を読んでいただければわかると思いますが、「紆余曲折《うよきょくせつ》」があって、それを「乗り越えた」結果なのです。

「理想的な家族」というのも、そのように紆余曲折《うよきょくせつ》を経なければ、生まれようがないのかもしれません。

実は、さやかちゃんのお父さんは、「東日本大震災《だいしんさい》が起こった時に、車が壊《こわ》れてしまった東北のお客様のために、その日のうちに高速道路を使ってトラックで代車を持って行った」とか、「元社員が家族旅行で東京ディズニーリゾートに行った際に、千葉で車が壊《こわ》れてしまうと、すぐさま名古屋からかけつけた」とか、そうしたエピソードには枚挙《まいきょ》にいとまがない熱い方です。


この方に、僕《ぼく》は聞きました。「なぜそこまで、されるんですか?」と。

すると、彼《かれ》はこうおっしゃるのです。

「先生ね、友達が目の前で倒れてたら助けますよね? 10メートル先だったら? 100メートル先だったら? 距離の問題じゃないでしょう。

僕《ぼく》は、どこでもかけつけます。自分が助けられることならなんでもします」

僕《ぼく》は感銘《かんめい》を受けました。そして、ああ、さやかちゃんの正義感が強いところ、まっすぐなところはこの人の影響を多分に受けているのだな、とわかりました。

そして、こんなにすごい人でも、「家族」に接する方法は、試行錯誤《しこうさくご》(つまり失敗を重ねながら適応していくこと)のくり返しだったということ。

それによって、「理想」を生み出して行くんだということを学びました。

お父さまもお母さまも、仕事、夫婦関係、人間関係、子育て、さまざまな困難があって、それを文字通り「乗り越えて」来られたからこそ、「理想」を手に入れられたのだということを教えてくださいました。

これらを大きな学びとし、改めて、自らの会社や家庭を「育てて」いきたいと思います。いろいろな困難や失敗はあると思うのですが、後から見た人に、「あの人達は元々できたのよ」――そう言ってもらえるように、紆余曲折《うよきょくせつ》を乗り越えていこうと思います。

僕《ぼく》たち一人一人の人間にとっては、誰もが無理だと思うようなこと、あきらめかけるようなことでも、「気持ち」と「方法」次第で、人はそれを変えられる大きな力を持っているのだと、さやかちゃんとそのご家族はきっと教えてくれたのだと思います。

そして、もう一点。さやかちゃんに言いたかったけど、言えなかったことをこの「あとがき」で伝えたいと思います。

それは、君が成功した一番の理由は、「中途半端《ちゅうとはんぱ》なプライドを捨てて、恥をかくのを恐れなかった」ことにある、ということです。

普通の子は、「聖徳太子《しょうとくたいし》」がよくわからなくても、「せいとく　たこ」なんて大声で言えません。

「ヘイアンキョウさんって何した人？」なんて聞けません。ましてや、偏差値《へんさち》が30で学年でビリの子が、学校の先生や友達に、

「私、慶應《けいおう》に行く！」

なんて言えません。でも、君は言った。恥ずかしさ、プライド、失敗するかもしれないから言わないでおこう、という心の防波堤《ぼうはてい》を取っ払って、突き進んだ。周囲がなんと言おうと関係ない。

ある意味で、これは「ギャル」と言われる子たちも同じなんではないか、と思うんです。

子どもが思い立った「夢のような話」をバカにして、実際、それを達成しても、約束を実行もしないでなかったことにするような大人の「プライドまみれの言葉」なんて無視して、「私はやるんだー！」と実行したその姿勢。めげない姿。努力。

それが人から後に「奇跡《きせき》」と呼ばれたり、「もともと優秀だったんだよ」と言われるようになる「結果」を生み出した、最大の要因です。

そして君はもうわかっていると思います。子どもや部下が夢のような話を言い出して努力を始めた時に、「温かい目で見つめて、サポートする」ことが大事だということを。

僕《ぼく》には容易に想像がつきます、「ああちゃん」がさまざまな形で批判を受けて、傷ついてきたことも。

今回初めて知ったことだけれど、ああちゃんも小さい時にさまざまな経験があって今の強い信念を得たのです。

でも、きっと周囲の人には「タダの親バカ」と認識されてもおかしくなかったでしょう。「そんなの無理に決まってる」と言っていた周囲の人たちにとってみれば、逆にさやかちゃんが成功したことで、やっかみがさらに激しくなっているかもしれません。

そんな中でも信念を持ち、家族を守って、愛情を与えてくれる、ああちゃんの娘である幸せ。そして、それによって経験したこと。「それが当たり前」となっていることが、君にとって最高の「結果」なんだと思います。君が親になった時には、きっと子どもにとって最高の味方になるだろうからです。

世界中の人が敵になっても、君だけはきっと自分の子どもの味方になれると思うから。

もう一度言うね。「子どもが夢を語って努力を始めた時、周囲は、それを信じて温かく見守る」――ただそれだけで良いのです。

そのためには、失敗の可能性だって高いのだから「恥をかく」とか「恥をさらす」ことが必要です。そして普通の人にはこれができない。そもそも、今回のこの本の出版だって同じです。自分は昔、本当に無知でしたなんて、いわば恥をさらしているのと同じです。さやかちゃんが合格した時、君は、「先生、さやかの昔の成績表、みんなに見せていいからね。こんなバカでも、がんばればできるんだって、みんなもっと知ったほうが良いと思うんだ」と言いました。

僕《ぼく》が、「でも、恥ずかしくないの?」と言ったら、「だって、本当のことじゃん。私が何も知らなかったのは本当じゃん。恥ずかしくないかって言われたら恥ずかしいけど、でもそれがみんなの勇気になるなら、そっちのほうがいいや」と君は言いました。

その時に本当に頭が下がる想いを抱いたのですが、今、改めて思うのが、君はその点が特殊《とくしゅ》だったんだなと思います。勇気があります。僕《ぼく》は君から「勇気がなんであるか」を学びました。君からの教えをもとに、僕《ぼく》も世の中の人のために、恥をかきながら貢献《こうけん》していきたいと思っています。

最後に、この物語を書く上で、お世話になったみなさまに心からお礼を記させて欲しいと思います。

まず、現在は立派な社会人として世の中に貢献《こうけん》しているさやかちゃん。

今やお父さまの跡《あと》を継いで立派な社長さんになるのは間違いないと思えるほど、人として立派に成長した弟くん、そしてそのすてきな奥様とお子さん。

卒塾生《そつじゆく》として顔を出してくれて、塾《じゆく》に対してもアドバイスをくれる妹のまーちゃん。

取材その他、何から何までいつもお世話になっているお父さま（パパ）、お母さま（ああちゃん）。今の僕《ぼく》はみなさま抜きでは語れません。ありがとうございます。

編集はもちろん、励《はげ》まし、その他、何から何までお世話になった出版社ＫＡＤＯＫＡＷＡの工藤裕一編集長、あなたは私の師匠《ししよう》です。個人的には、今回の出版で最も良かったことはあなたと出会えたことです。出会いに感謝しています。

カバーモデルをつとめてくださった石川恋《れん》さん。当時のさやかちゃんに雰囲気《ふんいき》がすごく似ているなと思いました。撮影《さつえい》現場でもすごくがんばってくださったと聞いています。

今をときめく、ももクロなども撮《と》られているカメラマンの飯塚昌太さん。あなたの撮《と》ってくださった写真が僕の本の表紙になるのは本当に光栄です。

また、校正・校閲《こうえつ》の田中由貴さまには、言葉の大切さを本の制作を通じて教えていただきました。

そして、今回の原稿の勉強法を読んで意見をくれた、教え子であり東大生の末吉弘《ひろ》昂《あき》さん、朝田啓允《ひろちか》さん。

信じられないほどの向上心で支えてくれる、坪田塾《つぼたじゅく》の先生たち。

さやかちゃんの中高生時代について取材に協力してくれた、お友達のみなさん。

本書出版のきっかけとなった——常に協力的でいてくださり、今後世の中に新しい価値をもたらすであろう、投稿サイトSTORYS.JPのみなさん。

女手一つで、心を込めて私を育ててくれた教育者である母、ライバルでもあり最も僕《ぼく》が尊敬する医師である妹。

最近やっとトイレを覚えてくれた愛犬マル。いつも僕《ぼく》の体調を気遣《きづか》いながら温かい笑いを提供してくれる最愛の妻。

そして、この本を最後までお読みいただいた読者のみなさま。ありがとうございました。心からこのご縁に感謝しております。

——２０１３年12月　坪田信貴

さやかちゃんからの手紙（この項、すべて原文ママです）

受験勉強を始める前、坪田先生と出会う前の私は、周りの大人という大人を根拠もなくなめていいました。友達以外の大人はみな、私のことをだめなやつとしか見ていないような気がして、そんな大人たちが嫌いでした。あのときの私には、とにかく友達との時間が大切で、理解してくれるのは友達だけだと思ってた。尖って反抗することで、傷つけられずにいられる気がしていました。

何の目標もなければ誰かに期待されることもない、自分には何もないんだってことを、たぶんあの頃の自分が一番よくわかっていたんだと思います。このまま社会に放り出されたら、自分はどうなってしまうんだろうと不安になることもありました。

それでも、私にとって、坪田先生のいう「ギャル」時代は、すごく貴重な時間でした。大人はみんなしらーって顔で見てくるけど、ギャルだってヤンキーだってみんなそれなりにいろいろ考えているんです。友達の絆なんてそれはそれは強いし、大人のことをよく見ています。本当はなんか頑張った方がいいんだろうけど、頑張るってなんかださいし、恥ずかしい。私もそう思ってました。

だから「このまま上の大学にもあがれなくて、そうしたらもう大学行く気も失せるだろうし、適当にバイトでもして、結婚して、早めに子育てするんだろうなー」とか思ってました。たぶん、それはそれで、幸せだったと思います。

しかし、そんなとき私は坪田先生に出会いました。坪田先生は、私を肯定してくれた先生でした。私を見た瞬間、顔をしかめる大人とは少し違いました。私のことをよく褒めました。よく笑ってきました。そしていろんな話をしてくれたし、私の話を真剣にきいてくれました。「こんな大人もいるんだな」と思った。友達といる時間を削ってもいいくらい、なんか楽しかったんですね。慶應を受けると周りに言い始めたとき、もちろんバカにされたし、誰も信じてくれませんでした。そりゃそうです。私だって本気で言ってなかったですから。でもあの先生おもしろいし、ちょっと言う通りにしてみたらどうなるかな、と興味本意で始めたのがきっかけでした。

ところが、少し「勉強」というものを始めてみると、自分の何も知らなさ加減に驚きました。あれ、もしかして私この先、このまま子供産んだらやばくないか？　何も教えてあげられない……と思いました。と同時に、自分の知らないことを知るってすごく楽しいんだなって感動したんです。本を読んでみたら意外にもおもしろくて、今までの時間が少しもったいなく思えたほどです。政治のことを少し先生に教えてもらった日から、ニュースキャスターが言ってることがほんの少しだけ理解できるようになりました。日本の歴史というマンガを読んだら、国内いろんなところに行ってみたくなりました。私は、めちゃくちゃ損してたんだなって思いました。だから、もっと自分がいる世界を広げたいと思った。だから、本気で慶應に行きたいって思い始めたんです。

そうして私の前には、慶應という高い壁が徐々に姿を現しました。近づけば近づくほど大きくなるその壁に向かって、がむしゃらに走っている最中、ふと周りを見ると気づいたことがありました。それは、私の周りの人たちの変化です。何かを頑張っている人に対して、人はこんなにも優しく、温かく見守ってくれるんだということを肌で感じました。最初は、味方と呼べるのは母と坪田先生だけだったのに、気付けばたくさんの応援団がわたしの後ろにいてくれて、私の何よりもの力となり、どんなに暗い道でも光を照らしてくれたのです。

そして、ついに、その壁を越えた瞬間、私は言い表すことのできないほどの、何か大きなものを感じました。これからの人生が、音をたてて広がっていくのがわかりました。坪田先生の「きっと君の自信になるよ」という言葉が、すーっと私の中に落ちてきたきがしました。

慶應義塾大学での四年間では、いろんな人に出会い、ここでしかできない経験を積み、しかしそんな夢のような時間のなかでも、やはり辛い経験もしました。でも、もうこのときのわたしは、辛い経験こそ大切なものを色濃く見せてくれることを知っていました。

そして、大学を卒業した私は、人生で最も大切な一日である「結婚式」に携わるお仕事に就きました。この本を読まれたかたは、〝漢字も読めなかったようなやつが大丈夫か?〟とお思いでしょうが、誰に何を言われようが、私の天職だと胸を張って言えます。あのとき、坪田先生に出会うことなく、受験を経てあれほどまでに色んなことに感謝できる経験がなかったなら、慶應で過ごした時間がなかったなら、この仕事には就いていなかったと思います。

そして、この仕事を選んだのには、もうひとつ理由があります。私が一番感謝しなければいけない存在、両親の存在です。どんなご家族にも、私の家族がそうだったように、いろんなドラマがあり、それを経て、いつしか、やっと、幸せな日を迎えられます。今までずっと伝えられなかった感謝の気持ちを親御様に伝える大切な日。そこで親子の絆の強さを目の当たりにするたび、自分の両親の顔が浮かびます。

父は、もしかしたら少し悪者に映ったかもしれません。確かに私も反抗期だった頃は非難していたのですが、今では尊敬してやまない父です。あんなに人のために動いてあげられる人を私は知りません。社会に出て、経営者である父の偉大さを思い知らされました。とても頭があがらない、懐の深い、すごい人です。

そして母は、本にあった通りの人です。多くの方は「とんでもないモンスターペアレントだな」と思われたかもしれません。でも、私はこの母に身を以て教えられたことがあります。人は、どんなに失敗して瀬戸際でも、それに気づいてくれて許して助けてくれる味方が一人でもいれば、どん底にまで落っこちることはないんだということ。あの時、母は周りの人たちにどんな批判を受けようが、そのときの常識に対立してでも、私を信じ理解し、守ってくれました。そんな母を見て、子供心にも感じるものがありました。世の中の、真実でない常識や見栄や世間体だけで、私を傷つけることをしないでくれたことが、後にひしひしと感じられ、私は、何か他の多くのことに気づけた気がします。

パパ、ああちゃん。この場を借りて伝えたいです。

本当にありがとうございました。

ふたりは私のスーパーマンです。

「何か死ぬ気で頑張る」って、人生めちゃくちゃ変わるんだなって、体験してみて改めて思います。人生なんて、自分次第でいかようにも変えられることを学びました。だったら選択肢がなるべく多い方がおもしろいし、お世話になった人や大切な人を喜ばせてあげられる人生にしたい。

来年結婚を約束している彼とも、大学時代に知り合いました。彼もまた、坪田先生や母に負けないくらい人のことをよく褒める人です。私にはもったいない、素敵な人です。友人の間では有名なほど男運がなかった私ですが、本にもあった母の想いに、ようやくこたえてあげられそうです。

坪田先生、私に素晴らしいきっかけを下さって、私なんかにまっすぐ向き合ってくださって、一緒に笑って泣いてくださって、本当にありがとうございました。

先生のおっしゃったとおり、慶應って本当にすごいところですね。

だって、本にまでしていただけるなんて経験、できると夢にも思わなかった。先生の言った通りでした。

この本を読んで、誰かに何か少しでも感じていただけたら、そんな幸せなことはないです。


いま、この本を読んでいただいた方に伝えたいです。

「頑張る」って意外といいもんでした。

もし慶應に落ちて別の大学にいっていても、同じことを思ったと思います。大学受験をして得られたものは、慶應に受かることと同じくらい価値のあるものだったと思うからです。なにも、頑張るそれが「受験」でなくてもなんでもいいと思います。何かひとつやり遂げることって人生何度も経験できるものではないし、こんな私でもそれなりにできたんだから、誰でも本気になればなんだってできるよ!!　と大声で言いたいです。

私のした経験を数奇なものととらないで、ご自分の世界に、是非重ね合わせてみてください。

人を育てる立場の方も、育てられる立場の方も、どちらの方にも、お互いによって、幸せだと感じられる世界がどんどん大きくなってくださることを心から願っております。

そして、世の中が、家庭内が、教育の場が、少しでもハッピーになったらいいな。

最後まで読んでくださった皆様へ　心から感謝申し上げます。
本当にありがとうございました。

角川文庫版に寄せて——「奇跡《きせき》の軌跡《きせき》」

２０１３年12月27日に、私の処女作である『学年ビリのギャルが1年で偏差値《へんさち》を40上げて慶應《けいおう》大学に現役合格した話』（通称ビリギャル）を出版して、ちょうど1年ほどが経ちました。

出版してすぐに、週刊誌・新聞・雑誌などに取り上げていただき、話題の本となりました。そして、私自身も、ラジオ番組やテレビ番組に呼んでいただけるようになりました。

さやかちゃんは、1年で偏差値《へんさち》を40上げて「奇跡《きせき》」と言われました。私の場合は、1年で本を50万部以上買っていただきました。これはこれで、不況と言われる出版業界の中での「奇跡《きせき》」と言われています。

さらには、話題のドラマの台詞《せりふ》の中で書名が出てきたり、２０１４年7月のさやかちゃんの結婚式がフジテレビの27時間テレビで生中継されてＳＭＡＰにお祝いされたり、僕《ぼく》が情報番組「ゴゴスマ」のコメンテーターになったり、「情熱大陸」で紹介されたり、有村架純《かすみ》さん主演で映画化が決定したり、1年で8万点もあるとされる出版物の中から年間ベストセラーの4位に処女作がなったり、出版界で権威のある第49回新風賞に選ばれたり、と……私にしてみれば、これを「奇跡《きせき》」と呼ばずして、何を奇跡《きせき》と呼びましょうか、という感じです。

いっぽうで、これをただ「ラッキーだったね!」と認識するとしたら、それはあまりにももったいないとも感じています。

「奇跡《きせき》」というと、何か、「運」や「運命」といった超自然的な力が働いて、ものすごい成果を出したかのように思われがちです。

しかし、改めてこれまでのことを丹念《たんねん》に振り返ってみると、「奇跡《きせき》ではなかった」ことが明確にわかります。

つまりは、この書籍に関わったすべての人たちの「努力の軌跡《きせき》」、その積み重ねが実ったということだ、と思うからです。

さやかちゃん、ああちゃん、パパ、ご家族のすべてが「より良い関係性」を模索《もさく》し、苦しみながらもあきらめずに努力したからこそ、愛と信頼をさらに育《はぐく》むことができました。だからこそ、赤裸々《せきらら》なご家族のお話を書籍化することができたのです。

KADOKAWAの工藤編集長は、書籍化のために、とても長く、思いやりに満ちたメールを何通も書いてくださいました。それから、お互い寝る時間を削《けず》りながら朝方までやり取りをしつつ、本を完成させました。この間の仕事の量と質、コミュニケーションは「もう一度やれ」といわれても、なかなかできるものではありません。彼《かれ》の編集、ヒアリング、構成の能力は並大抵《なみたいてい》のものではありません。家の整理整頓《せいとん》をする時間もないほど、何十年にもわたって本作りに没頭してきたことが、この本の商業的な成功を生んだ大きな要因であることは疑いようがありません。

工藤編集長の部下の田島美絵子さん、黒津正貴さんには、原稿を何度も読んでいただき、さまざまなチェックをしていただきました。営業の大木絢加《あやか》さん、宣伝の矢口泰之《やすゆき》さん、川口諒《りょう》さんといった、直接的に何度もやり取りをさせていただく皆さま、そしてその周りの大勢の皆さまが、本当に1年間この「ビリギャル」のためにさまざまな交渉や仲介、采配《さいはい》をしてくださったのを私自身よく理解しています。

宣伝のトップとして尽力してくださった藤本裕子さんも、アスキー・メディアワークス・ブランドカンパニーのトップとしてリードしてくださった塚田正晃《まさあき》さんも、皆さん本当に私のわがままにも文句一つ言わずに話し合おうとしてくださいました。角川歴彦《つぐひこ》会長にまで、日々お会いするたくさんの方に、ビリギャルをお薦《すす》めいただいたと伺っています。

KADOKAWAの皆さまの「ビリギャル」への愛と献身は、筆舌《ひつぜつ》に尽くしがたいものがございます。

そういった、個々の皆様のそれぞれの「努力の軌跡《きせき》」が交差して、「奇跡《きせき》」と人から呼ばれる成果を生み出したのです。

本当にお伝えすべき感謝の言葉も見つかりません。

そして何より、読者の皆さまの温かい応援や励《はげ》ましがあったからこそ、今があります。ありがとうございます。

私にとってこの1年間は、改めて、「人に支えられて」、いろいろな気付きや経験をさせていただいた日々でした。

私は、子どもたちに、「人生というのはロールプレイングゲームだ」と言います。「知識」「技術」「人付き合い」を頂点とする三角形をより大きくしていくことが成長だと。

何らかの分野に身を捧《ささ》げると決めたら、その知識を増やし、技術を研磨《けんま》していきます。そして、人付き合いをしていく中で、さまざまな「頼まれごと」を依頼されます。

例えば、私は「大学受験のプロ」と多くの人に認識をされています。それは、大学受験に関する知識があり、それに関する指導技術があり、これまでの教え子などとの人付き合いがあるからです。それで、教え子たちの友人知人に「大学受験で困っている人」がいたら、真っ先に「坪田先生に相談してみたら?」と考えてくれるのです。

そうして、その悩みやトラブルを解決するという「ミッション」が私に託《たく》されます。

私がこれまで蓄積《ちくせき》した知識や技術、あるいは人付き合い（例えば、数学などは他の信頼できる講師にお願いするとか）を駆使《くし》して、「ミッションコンプリート」すると、さらに信頼度が高まります（私は、それを「SEOの順位が上がる」と呼んでいます）。

ロールプレイングゲームは、自分が「勇者」や「戦士」や「魔法使い」といった、役割＝ロールを決め、それを成長させていって、目的を達成させるゲームです。旅の途中でさまざまなモンスターに出会ってそれを倒《たお》し、ミッションをクリアーしていくことで成長します。

今回は、出版後も、さまざまな人に出会い、いろいろなミッションが与えられてきたのですが、それを全員がそれぞれの「知識」「技術」「人付き合い」を駆使して、クリアーしていくことで、全員がすさまじい経験値をつんだのではないかと思います。

そもそも、出版界の権威ある新風賞をKADOKAWAが受賞したのは横溝《よこみぞ》正史さんの『犬神家の一族』以来38年ぶりとのことですから、逆に言えば、それだけ未経験の世界がそこにあったのだと思います。

特に大過《たいか》なく、また、多くの人に喜んでいただいて1年が過ぎ、こうして文庫化の機会まで与えていただいたことは本当にありがたいことです。読者の皆さま、そして関係者の皆さまに、心から、ありがとうございます、とお伝えします。

ぜひ、読者の皆さまにも、この物語を読んで、「ああ、私もこんなことに挑戦してみたいな」「家族って、すてきだな」「愚痴《ぐち》を言いながらも、努力を続けるってカッコいいな」「みんなが無理って言うことに挑戦すると、こんなすてきなことが起こるんだ！　僕《ぼく》もやってみよう！」と、思っていただけたら――そして、これからの人生の軌跡《きせき》に影響を与える物語たりえていたならば、幸甚《こうじん》です。

なお、本書、角川文庫版では、子どもや部下の能力を伸ばすためのテクニックや、暗記法などの受験メソッドに関する記述などを大幅に省略しています。言わば、ストーリーに特化した版になっています。実用テクニックやメソッドをより詳しくお知りになりたい方は、ぜひ単行本版の『学年ビリのギャルが1年で偏差値《へんさち》を40上げて慶應《けいおう》大学に現役合格した話』のほうもご参照いただけますと幸いです。

また、ああちゃんとさやかちゃんが執筆《しっぴつ》した書籍『ダメ親と呼ばれても学年ビリの3人の子を信じてどん底家族を再生させた母の話』も出版されています。子育てに関する気づきを満載した、泣けるノンフィクション小説として、お薦《すす》めをいたしておきます。

――2015年1月　坪田信貴

付録　坪田式・性格&指導法の判定Q&A（簡易版）

角川文庫版の特別記事として、ここに、坪田《つぼた》式・性格&指導法の判定Q&A（簡易版）を掲載いたします。僕《ぼく》の経営する塾《じゅく》では、入塾《にゅうじゅく》時に、実際には90の質問に答えてもらい、生徒の性格を診断《しんだん》して、指導に活《い》かしています。子ども達の性格次第で、指導の際の声のかけ方を変えるべきだからです。例えば、悲観的な子に、「大学に受かったらこんなバラ色の未来が待っているぞ」と言うと、「この先生はうさん臭《くさ》い」と思ってしまいます。逆に、楽観的な子に、「大学に受からないと、厳しい人生が待っているぞ」とこんこんと説明しても、「うざいなあ。人生なんて、何とかなるし」と逆にやる気を失わせてしまいます。ですので、まずは自分やお子さんが、どんな性格なのかを見極め、そのタイプに応じて、自分や子どもの伸ばし方を切り替えていくべきなのです。

今回の簡易版では、次の9つの項目のそれぞれについて、自分にどのくらい当てはまるか、10点満点で点数を付けていただければ、と思います。

【質問】

①任された仕事は、責任をもって、しっかりやり遂げるタイプである。
②人生において最も大切なのは、親密な人間関係だと思う。
③人と競争してこそ何かを達成しやすくなるし、そこにやりがいがある。
④本当の自分を理解できる人は、周囲には少ないと感じている。
⑤行動する前に、よくよく考えたい。それからでないと動きたくない。
⑥みんなで議論して、総意を決めてから実行するほうが安心できて良い。
⑦好奇心旺盛《おうせい》で、いろいろなことに気軽にチャレンジしていくのが好き。
⑧上司や偉い人の言うことでも、おかしいと思うならしっかり反論する。
⑨人間関係において波風《なみかぜ》を立てることは絶対に避けるべきだ。

その結果、一番点数が高かった番号を、自分の番号としてください。同じ点数の項目が並んだら、複合タイプとして、両方のアドバイスを参考にしてください（簡易版ですので、判定はあくまでも参考程度になさってください）。

【判定と学習指導のポイント（簡易版）】

①の、完璧《かんぺき》主義者タイプへの指導法

・大局に意識を向けさせる→このタイプの子は、計算ミスがないかどうか何度も検算したりします。プロセスに時間がかかり過ぎることがあるので、タイマーをセットし、細かい計算ミスがあるかどうかよりも、「全体の流れ」がうまく行くかどうか、大局のほうへ意識を向けさせましょう。

②の、献身《けんしん》家タイプへの指導法

・細かいことにしっかり感謝の言葉を伝える→このタイプには、褒《ほ》めるのではなく、感謝をしましょう。自分のためより、人が喜ぶことをやろうとするタイプですので、細かいことにでも感謝をされるとモチベーションが上がります。

③の、達成者タイプへの指導法

・褒《ほ》めると頑張るが細部の詰めの甘さに注意→基本的に、褒《ほ》めていればドンドン勝手にやって行くタイプです。細部の詰めが甘くなりがちなタイプですので、「成長しているところ」を「人前で」褒《ほ》めながら、ゆっくり時間をとらせて、検算などをしっかりやらせることです。

④の、芸術家タイプへの指導法

・一般論で語らず、個性を認めて指導する→常に、「君は変わってるね。でも、そこがいいよね」といった声がけをしていくべきです。「みんながやっている」など、ひとくくりにされることを極端に嫌うので要注意。集団塾に入れるよりも、家庭教師をつけ、「他の人とは違うテキスト」等を使うほうがいいでしょう。

⑤の、研究者タイプへの指導法

・バランスよく受験対策ができるように配慮を↓気になると嫌でも勉強をするタイプですが、勉強をする内容が「細かく」なりがちです。大学などでは花開くかもしれませんが、若い時には不必要なまでに細かい情報を得ようとしますので、受験に出ないことに時間を割かないよう注意が必要です。

⑥の、堅実《けんじつ》家タイプへの指導法

・細かな計画を一緒に立てる↓例えば、1冊の参考書や問題集の5ページから10ページまでを今日やろう、ゲームはその後にやろう、明日は11ページから15ページまでやってから買い物ね、などと、ある程度先が見通せる計画を立てて、それを一緒に実行するといいでしょう。

⑦の、楽天家タイプへの指導法

・バラ色の未来を語ってやる気を出させる↓山ほど参考書や問題集（どれも薄いもの）を買い与え、好きなところからやらせると良いでしょう。あるいはマンガでわかるようなものが向いています。さやかちゃんはこのタイプでしたので、薄い問題集をたくさん解かせ、明るい未来について語り続けました。

⑧の、統率《とうそつ》者タイプへの指導法

・「勝つか負けるか？」という視点で声がけをする→指示をされるのを嫌うタイプです。むしろ頼って、相談をすると、やる気になります。白黒をハッキリつけたがるタイプですので、「今日中にこの課題を終わらせたら、君の勝ちだね」といった持って行き方をすると、勉強を乗り越えようとします。

⑨の、調停者《ちょうてい》タイプへの指導法

・「タイマー」を使って、時間の意識を強く持たせる→マイペースで、他人のペースに無関係に行動し、すぐに手を抜くタイプです。目標達成を絶対にしないと！という意識が低いので、タイマーで時間をセットして、その間に小さな区切りで勉強をさせましょう。達成感を積み重ねると意識が変化します。

受験生や学生の皆さんも、これらのテストで自己分析を行ない、指導者や親御さんに、自分への対応の仕方を変えるよう相談してみても良いでしょう。

今回の性格診断の完全版（90の質問に答えてもらうバージョン）は、KADOKAWAから刊行される僕《ぼく》の2作目の書籍に掲載の予定です。もちろん、詳細な解説や指導法付きで掲載いたしますので、そちらにもぜひ、ご期待ください。

学年《がくねん》ビリのギャルが 1年《ねん》で偏差値《へんさち》を40上《あ》げて 慶應大学《けいおうだいがく》に現役合格《げんえきごうかく》した話《はなし》 [文庫特別版《ぶんことくべつばん》]

坪田信貴《つぼたのぶたか》

平成27年 4月10日　初版発行
平成27年 6月25日　6版発行

発行者●塚田正晃

発行所●株式会社KADOKAWA
〒102-8177　東京都千代田区富士見2-13-3
電話 03-3238-8521（営業）
http://www.kadokawa.co.jp/

編集●アスキー・メディアワークス
〒102-8584　東京都千代田区富士見1-8-19
電話 0570-064008（編集部）

角川文庫 19113

印刷所●大日本印刷株式会社　製本所●大日本印刷株式会社

表紙画●和田三造

ISBN978-4-04-865095-3　C0195